JN100654

きみとこの世界をぬけだして

雨
Ame

イラスト／tabi

装　丁／岡本歌織（next door design）

諦めの早いこの性格も、
無意識に人の顔色をうかがってしまう癖も、
そう簡単には直らないかもしれない。

それでも私なりに、
今より少しだけ前向きに生きてみようと思う。

自分の弱いところもダメなところも抱えて受け入れて、
もう少しだけ自分のことを好きになりたい。

Get out of these days
with you

Contents

一・閃光《せんこう》が邪魔をする（*side*：庄司絢莉《しょうじあやり》）

「ねえ、仁科《にしな》くんが死んだってニュース、見た？」

友人のユウナからその話題が振られたのは、登校してすぐのことだった。背負っていたリュックを机の上に下ろした状態で、動きが止まる。彼女の隣で、幼馴染《おさななじみ》のモモコは「あんた声でかい」と苛ついていた。

「……は？　なにそれ」

「仁科翼《つばさ》ってさ、いたじゃん中学ん時。すっごい頭良くてコミュ力高い男子。双子の、ちゃんとしてるほう」

「にしなつばさ……」

こぼれた名前に懐かしさを覚えた。にしなつばさ。仁科翼。

私と同じ中学校に通っていた男子の中にその名前を持つ人がいたことは確かだ。

仁科翼くん。テストの順位はいつも一桁をキープしていて、テスト期間はいつもクラスメイトに頼られていた生徒だ。真面目で、爽やかで、コミュニケーション能力に長けていた。

部活動には所属していなかったけれど、運動部顔負けの能力もあって、イベントごとでも大活躍していた印象がある。今は、地元から少し離れたところにある公立の進学校に通っているはずだ。

私は「いたね、そんな人」と短く返事をして、椅子を引いて座る。ギギ……と床が擦れる音が耳障りだった。

「その仁科くんが、死んだらしいって話！」

人口二万の小さな街じゃ、誰がどこの高校に行ったとか、誰が高校を中退してどこで働いているとか、誰と誰が付き合っているとか、そういった情報は全部筒抜けだ。だから、中学を卒業して以降、仁科くんと接点がなかった私にその噂《うわさ》が流れてきたことは、べつに不思議なことじゃない。だからこそ、自分が仁科くんの立場だったら、こんなふうに騒ぎ立てられるのは絶対嫌だと思った。

「全国ニュースってやばすぎじゃない？　ケーサツうろついてるし。同中だったし、うちらもジジョーチョウシュとかされんのかなぁ」

「いやいや、ないね。べつにあたしら仁科くんと仲良かった時期とかないじゃん。ねえ絢莉《あやり》?」

「ああ、うん」

　仁科くんは確かに同じ地元の中学校に通っていたし、私は一方的に彼のことを知っていた。でも、挨拶すらするかしないか定かではない関係だったから、重要参考人にはあてはまらない。少なくとも仁科くんにとってはただの同級生A、B、Cである。

「自殺だって噂だよ。仁科くん、なーんで死んじゃったんだろうねぇ。文武両道で人気者。顔だっていいし、なんでも持ってるのにさ」

「まだ行方不明でしょ。勝手に殺すな」

「えーでも、正直な話、行方不明ってほぼ死と同義じゃん」

　悪びれた様子もなく、ユウナがそう言ってスマホを弄っている。行方不明と死が同義だなんて私は思わないけれど、わざわざ突っかかる必要もなかったので口を噤《つぐ》んだ。

「なんか、友達とかじゃなくてもヒトの死ってダメージあるわ。痛いっていうかさぁ……ほら、最近政治家の偉い人も死んじゃったじゃん。怖いし、不穏。最近の世の中物騒だよね」

　ユウナから「ね」と強制的に同意を求められ、「うん」と短く返す。言っていることには一理あるが、ユウナの言い方は、ダメージを負っているようにも同情しているようにも聞こえない。どこかで聞いた言葉を真似て言っているような、そんな感じだ。ユウナには申し訳ないけれど、そこに彼女自身の意思が含まれているとは思えない。

「ねー、てか来週の日曜、あたしの好きなバンドがフリーライブやんの。ふたりとも、一緒に行ってくれない？」

その証拠に、同級生の不穏なニュースの直後の話題がそれだ。彼女の、仁科くんが死んだ「らしい」話への関心なんてその程度で、モモコも然りだ。

——それで、きっと私も。

「てかあんたいつも誘ってくれるのはいいんだけどさ、あたしも絢莉もべつにバンド詳しいわけじゃないじゃん。ひとりで行くって選択肢とかないの？」

「やだモモちゃん、そんなんあるわけないって。ひとりとか寂しすぎて考えらんないもん。あの子ひとりで来てる〜って思われたくないじゃん！」

「他人にどうこう思われたところで」

「他人はそうだけど、嫌なもんは嫌なの！　それにほら、人間ってひとりじゃ生きていけないっていうじゃん。彼氏とか友達とかといたほうが絶対毎日充実できるし。それに〝好き〟って共有したほうが幸せ度上がるもん！　あやちゃんもそう思うよね」

「まあ、そういう瞬間もあるよね」

「だよね⁉」

「ちょっと。あんたいつも絢莉に意見強制すんのやめなって」

「あやちゃんはモモちゃんと違ってやさしいからいいの――！」

ふたりの小競り合いを遮るようなタイミングで予鈴が鳴った。遅刻しないぎりぎりの時間に登校する利点といえば、予鈴が会話を強制的に終了させる武器になることだ。

「とにかくそういうことだから！　日曜あけといてねっ」

急いだ声で言ったユウナが、小走りで自分の席に戻っていく。

「絢莉、日曜行けそう？」

ふう、と誰にも気づかれないように小さくため息を吐き、リュックから教科書を取り出そうとした時、モモコが言った。

先月くじ引きで行われた席替えで、私とモモコは隣の席になった。中学の時から数えても、隣の席になったのはこれが初めてだ。視線を移すと、モモコが頬杖をついて私を見ていた。

「返事聞く前に決定するのやめろっていつも言ってるのになぁ」

「でも行けるから。ダイジョーブ」

「もー……絢莉はやさしすぎるんだよ」

「その発言がやさしいわ、モモコは」

モモコは私をやさしいと言うけれど、それは間違っている。

日曜のフリーライブに行くのは、あたりさわりない言葉を選んで断るのが面倒だから。ユウナの意見に同意するのは、否定してまで自分の意見を述べるのが面倒だから。

いつのまにか根付いた諦めが早いこの性格は、やめろって言われてもきっと簡単には直らない。だから、返事を聞く前に決定するユウナの性格もきっと直らない。

諦めて受け入れて関わるほうが楽だし、私の中ではそれ以外の選択肢は見当たらない。

「てか絢莉、そんなとこに黒子《ほくろ》あったっけ？」

「どこ？」

「こめかみのとこ。知らなかった」

「あー、うん。そうみたい」

「適当だなぁ」

ただ、それだけだ。

「じゃあまた明日。気を付けて帰んなよ」

「ありがとーお母さん」

「お母さんって言うのやめて」

その日の帰り道、私とモモコは交差点で別れた。ユウナはバイトがある日だったようで、ホームルームが終わってすぐ慌ただしく教室を出て行く後ろ姿を見た。十六時半からシフトを組んでいるらしく、走らないと遅刻するそうだ。ホームルームが終わるのは十六時と決まっているのに、どうしてそんなにぎりぎりで組むんだろうと、私はいつも不思議に思っていた。

モモコとふたりで下校するのは、ユウナを含む三人で行動している時よりは幾分か心地が良かった。ユウナのことが嫌いとかそういうことではないけれど、モモコとふたりで話している時は、同意や共感を求められている感じがないから気持ちが楽なのだ。

地元にいるうちは、交友関係は穏便なほうがいい。大喧嘩《おおげんか》して疎遠にでもなったら居心地が悪くなるだけだから。

いつからかバランスを意識して過ごすようになった。誰に頼まれたわけでもなく、私が勝手にしていることなのに、時々、どうしようもなく疲れを感じる時がある。

この街は、私にとっては少しばかり窮屈だ。

ひとりになり、リュックのサイドポケットからイヤフォンを取り出し耳に装着する。ネットで千五百円で買ったどこのブランドかもわからない安っぽい有線のそれは、時々音が途切れたり漏れたりするけれど、交差点から家までの十分間だけ使用するには大して支障はない。音楽を再生し、歩き出す。


中学の同級生が死んだ「らしい」。

名前は仁科翼。爽やかで、誠実そうな、好青年だ。

彼にまつわるその噂が事実か否かは、今ここで判断できることじゃない。私は、仁科くんの遺体を実際に見たわけでも、彼が死ぬ瞬間を目撃したわけでもないのだ。

通学路にある斎場の、真っ黒な太い字で故人の名前が書かれた案内看板。それは自然と視界に入って来るもので、大して関心もないくせに、私は日によって変わっていく名前を見て、死んじゃったんだなあと他人の死を実感していた。

記憶にある限り過去の案内看板に彼の名前が書かれていたことはなく、噂を聞いた今日も、確認がてらいつもより目を凝らして見たけれど、そこに彼の名前はなかった。

仁科くんは、本当に死んだのだろうか？

仮にそうだとして、その原因は。

そうじゃなかったとしたら、彼はどこへ消えたのか？

『庄司《しょうじ》さんって、すごく勿体《もったい》ない生き方してるんだね』

これまで思い出さなかったことが嘘《うそ》のように、いや、違う。思い出さないようにしていただけだ。声色まで鮮明に、記憶の中にいる彼が話している。全てを見透かしたような双眸《そうぼう》が印象的だった。

『友達と話す時とか目が死んでるし。べつにすごい明るい人間でもない』

『いつも妥協して生きてる感じ。例えるなら……百円のイヤフォンを買うのと同じだね。壊れたらしょうがないで済ませてまた同じものを買うんでしょ。安いけど使えるからいいやって、同じ失敗を繰り返す』

『俺たち、同じだよ。同族嫌悪ってやつかも』

仁科くんの人生における私の存在は、ただの同級生Aに過ぎない。それなのに、彼の噂を耳にして、数分で切り替えられず思い出してしまうのはどうしてなのか。

「……うるさいな。記憶のくせにそんなはっきり喋《しゃべ》んないでよ」

嘆きに近いひとりごとは、じめついた空気に落ちて、それから消えた。

安いイヤフォンを介して耳に届く音楽がどこか居心地が悪かった。

私の中に残っている仁科くんとの記憶の中で、印象的なことがある。

中学三年生、夏の終わりの出来事であった。


それまで私は、仁科翼という人間に対して特別大きな感情を抱いたことはなかった。

仁科くんは、悩みなんてなさそうな、日々が充実しているタイプだったと思う。

教室の後方の席を陣取って、周りのことなどお構いなしに大きな声でふざけ合う人には、角が立たないようにやんわり注意する。授業中は爆睡して試験前にノートだけ見せてもらおうとするずる賢い人には、勉強会を開いてあげていた。いつも掃除当番を押し付けられている人にはなにも言わず手を差し伸べる。やさしさや正義の押し売りだと感じさせない。

同じ十五歳なのに、仁科くんは誰よりも大人びて見えた。

しかしながら、私は仁科くんに手を差し伸べられたことも一緒に勉強をしたこともないので、彼にそこまで興味はなかった。

強いて言うなら、私は仁科くんの、人生をちゃんと自分のものにできていそうなところは少しばかり羨ましいと思っていたくらいで、だ。

「あっ」

「お？　あやちゃんどしたぁ？」

「……スマホ忘れてきちゃった」

よく覚えている。あの時期は、モモコは県大会を控えていたため部活が忙しく、ユウナとふたりで帰る日がとても多かったのだ。

学校を出て五分ほどした時、いつもポケットに入れているはずのスマホがないことに気が付いた。

スマホは校則で禁止されているけれど、今時持っていない人のほうが希少で、こっそり鞄《かばん》に入れてくる生徒が大半だ。私も多数派に属するのだが、六時間目の自習の時間、隠れてスマホを弄っていたら急に先生が入って来て、慌てて机の中に放り込んだのだった。それから、鞄にしまい忘れたまま下校してしまった、というわけである。

「ごめん、私学校戻る。ユウナは……」

「あーどんまい。そしたらあたし、先帰るねぇ」

ユウナは先に帰ってていいよと、そう言おうとした私の言葉に被せるようにユウナが言った。

先のとがったものに心臓を突かれているような感覚だった。「がんばれぇ」と労る気持ちなどさらさらない声で付け足される。ユウナが学校まで一緒に戻ってくれるなんて可能性はこれっぽっちも考えていなかった。

言おうとしていたことを言われただけなのに、どうして傷つく必要があるんだろう。

「無事スマホ回収できるといーね」

「……あ、うん。バイバイ」

笑顔で手を振り、自宅への道を歩き出すユウナの背中を数秒見つめた後、無意識にため息が出た。

私だったら社交辞令でも「一緒に戻ろうか？」と聞くなあとか、「用事あるから先に帰ってもいいかな、ごめんね」って謝るなあとか。

そんなことを考えたところでそれは私個人の意見であって、人に強要すべきことじゃない。わかっている。わかっているからこそ、こんなにもやるせない。

「……最悪だ、もう」

なにに対してこぼれた言葉だったのかは自分でもわからないまま、私は来た道を戻った。


誰もいなくなった放課後の教室はがらんとしていてとても静かだった。

上靴の底が床を擦る音、椅子を引く音、心臓が脈を打つ音、グラウンドから聞こえる声。全部が鮮明に届いて、ひとりなのにどうしてか少し緊張してしまう。

机の中に放り込んだスマホを無事回収し、それから何気なく窓の外に視線を移した。まだ明るい空と混ざり合ったオレンジの光がとても眩《まぶ》しい。

夕焼けを収めておきたくてカメラを起動させると、そのタイミングでスマホが振動した。

表示された通知を確認すると、ユウナから《あやちゃんスマホあった?》といった内容のメッセージが送られてきていた。《あった。ごめんありがとう》と返信しながら、なにがごめんとありがとうなんだっけと自分に疑問を抱く。

癖というのは怖いもので、慣れれば慣れるほど、言葉や仕草に含まれる意味合いが薄れていってしまう。「ごめん」も「ありがとう」も大切な言葉なのに、私が使うと、どうしても粗末にしているような気がするのだ。

「あれ、庄司さん」

不意に、そんな声が掛けられた。振り向くとそこには仁科くんが立っていて、私の口からは反射的に「仁科くん」と彼の名前がこぼれた。空に向かって構えていたスマホを隠すように腕を下ろす。空が綺麗で写真に収めたいと思う、なんて、私のキャラじゃない。

「忘れもの？」

「うん、スマホ忘れちゃって。仁科くんは？」

「俺は――……うん、まあ、そんな感じ？」

なんで疑問系？と思ったけれど、私がその理由を聞く前に仁科くんに「ひとり？」と質問される。彼は私の横を通り抜けると、窓を開け夕焼けの光を浴びるように窓の縁に体を預けた。黄昏れる、というのは、こういう瞬間を言うんだなとその時強く実感した記憶がある。

「いつものふたりは一緒じゃないんだね」

「いつもの……」

「永田《ながた》さんと、木崎《きざき》」

「ああ……モモコは部活。ユウナは一緒にいたけど先に帰ったの。一緒に戻らせるの申し訳ないじゃん」

「ふうん」

ふうんって、聞いてきたのは仁科くんのほうなのに。

興味のなさそうな返事にうまく反応できず、沈黙が訪れる。こういう時ばかり、話し上手なユウナがいてくれたら、なんて都合の良いことを考えてしまう私は、とてもずるい人間だと思う。

「ねえ」と、仁科くんが再び口を開く。

開けた窓から抜ける夏のぬるい風が、仁科くんの黒髪を仄《ほの》かに揺らしている。彼の横顔をちゃんと見るのは初めてで、その美しさに、心臓が脈を打った。

「庄司さんって学校楽しい？」

「は？」

「楽しい？」

クラスメイトと話している時より雑なトーンで二度聞かれたその質問の意図は汲《く》み取れなかった。

庄司さんって学校楽しい？

それは、どういう視点でどういう理由で聞かれたものなのだろうか。

「普通に、楽しいよ」

疑問を抱いたけれど、問うに値しなかった。あたりさわりなく聞かれた質問に答えると、仁科くんは「へえ」とこれまた興味なさそうに言うのだった。

私が過ごす学校生活は可もなく不可もない。日々に大きな不満もないし、これといってトクベツなことも起きない。

放課後は友達と遊んだり、寄り道をしたり、人並みに恋愛もしたりして、そうやって生きている。

一般的に見て、平均的に考えて、私が生きている今は、「普通に楽しい」のだと思う。ただ、それが少し物足りないっていうだけで。

「その〝普通〟って、なんなんだろ」

「はあ？」

「〝普通〟に楽しいとか〝普通〟においしいとか。誰にとっての普通が基準になってんのかなって、疑問に思ったことない？」

仁科くんと私は、友達でも恋人でもない、ただのクラスメイトだ。これまでのどこかでまともに会話をした記憶はない。目を見て話すのだって、その時が初めてに等しかった。

私が知っている仁科くんは、いつも周りに人が集まっていて、誰にでも平等で、運動も勉強もできる、才能にも人脈にも恵まれた人。

「ずっと気になってたけどさ、庄司さんってべつにすごい明るい人間じゃないよね」

じゃあ、私が今、話している仁科くんは誰なんだろう。

西日が仁科くんを照らしている。窓に寄りかかったまま振り向き、仁科くんは続けた。

「木崎と話してる時とか特に、目死んでるし。いつも〝合わせてあげてる〟んだなって思って見てたよ。庄司さんって、百円のイヤフォン買って一日で壊れて『百円だからしょうがないや』って妥協するタイプなんだなって」

「……なにそれ。意味わかんないし」

「値段と質は比例するから。百円のイヤフォン五十回買うのと五千円のイヤフォン一回買うのとじゃ全然意味合いが違う。そんで庄司さんは、高いイヤフォンを買わない派」

「ねえ、さっきから何の話してるの」

「それってさあ、対価を払って壊れた時が怖いから?」

何も言えなかった。図星をつかれて、言い返す言葉がなかったのだ。

中学生ながらに、私は自分の限界を見据えていた。

高いイヤフォンを買うのは怖い。払ったお金が高ければ高いほど、壊れた時のショックが大きいから。その点、百円で買ったイヤフォンは何回壊したって抱える罪悪感はたかが知れている。

百円だから。安いから。音質は気になるけれど支障が出るほどじゃないから。

思い入れは少ないほうがいいのだ、物にも――人にも。

地元だから。揉《も》めたら面倒だから。周りの歩幅に合わせたほうが何事も穏便に済むから。

誰にも言ったことのない本音が露呈してしまった気がして、私は恥ずかしくて目を逸らした。

「……なんなの、仁科くん」

「べつに、思ってたことを言っただけ。やっぱり、俺が想像してた通りの人だった」

「想像って」

「庄司さん、いつもつまんなそうな顔してる。勿体ない生き方してるんだなあって思ってたよ――俺と同じだ、って」

こぼれた私の声はとてもかすかで、弱かった。睨《にら》むように視線を向けても、仁科くんにはきっと響いてはいない。

クラスの人気者の仁科くんとはかけ離れた二面性を知っている人は、いったいどのくらいいるのだろう。

「今日の空、綺麗《きれい》だよね。収めておきたいって思うの、わかるよ」

仁科くんがシャッターを切る音がやけに印象的だった。

『庄司さん、いつもつまんなそうな顔してる』

同級生に、ましてや関わりのなかった男子に、こんなふうに言葉を吐かれたことはなく、仁科くんには期待するほどデリカシーがなかった。

つまんなそうな顔して生きてる。

それってどんな顔？　仁科くんの世界に、私はどんなふうに映ってるの。

聞きたかった、けれど、聞く勇気はなかった。

「勝手に私をわかった気にならないでよ」

「はは、ごめん。でも事実でしょ？」

「むかつく……」

むかついた。けれど同時に、本音で話した時間はあまりに煌《きら》めいていて——私は確かに惹《ひ》かれていたのだ。

悔しいことに、私はその日を境に仁科くんのことを意識するようになってしまった。

ふとした瞬間に、彼を目で追っていることに気づくのだ。

自覚するたび恥ずかしくなってひとりで首を振るといったことを繰り返しているうちに、だんだん〝普通〟に対して疑問を持つ彼が、どんな日々を過ごしているのかが見えてくるようになった。

クラスの人気者で、性別や学年、系統を問わず誰にでもやさしく誠実な仁科くん。

そんな彼が、授業中、真面目に聞いているように見えて実は教科書の陰に隠れて寝ていたり、先生からの頼まれごとを引き受けた後、少し面倒くさそうにため息を吐いていたり。うっかり上靴のまま下校しようとしていた瞬間を見かけたこともある。

仁科くんの人間的な部分を知れば知るほど、彼に対して抱いている興味が大きくなるのだった。

その感情が恋愛的なものだったかどうかについて、正解は自分でもわかっていなかったが、仁科くんのことを考えている時間だけは経過がとても速く、ワクワクしていたことは確かだった。

けれどそれは、誰にも相談することのないまま封印した。私が抱える感情を、わかったように語られたくなかった。

仁科くんとまともに話したのは、あの日のたった一回限りのこと。

それからあっという間に卒業式を迎えたが、私と仁科くんの距離は可もなく不可もないままで、これと言った思い出はひとつもできなかった。

彼の日常をただ追うだけの日々はとても虚しく、けれどとても輝いていたような気もしていた。それは、恋とも後悔とも呼べず、青くもなれなかった過去の話である。

仁科くんはSNSをやっていなかったので、高校に入ってからというもの、彼がどこでなにをしているか、私はずっと知らなかった。

私は高校生になっても、中学の頃と変わらないメンバーで〝普通〟の日々をこなしていた。

そんな大した人間でもないくせに一丁前に人に意見したり、クラスの端っこで派手なグループに怯《おび》えて息をするクラスメイトを見て、そっち側じゃなくてよかったと安心したり。ユウナたちと一緒にいるのは疲れるけど、楽しい時もあるから、それでいいと思っていた。これが私の在り方で、正解だと、そう思うことで精一杯だった。

仁科くんに抱いていた好意のことなど、数か月もすれば次第に薄れていった。

高校二年生の時だ。街で偶然彼を見かけたことで、私が一年以上抱えていた淡い気持ちは途端に姿を変えた。

仁科くんの隣に、私とはまるで真逆のタイプの、彼女と思われる女の子がいた。名前のつかない感情がふつふつと湧き上がり、私はその場に立ち尽くした。

『庄司さんって、勿体ない生き方してる』

あの日、突然偉そうに説教したくせに、自分は彼女をつくって、新しい環境で楽しそうに生きてるなんてずるいじゃないか。私のように変われないままの人間を見下して、心の中で笑ってるのではないか、と、そんな感情が押し寄せて舌打ちがこぼれる。百円のイヤフォンを買うみたいに妥協しまくった人生を、私は今もまだ、少しも変われないまま生きている。

私より上手に生きている人も、人目を気にせず我が道を生きていける人も、変わらないままの私も、皆死ねばいい。

傲慢で最悪な私の願望は、蒸発しないまま私の中に潜んでいる。


ユウナの付き添いで呼ばれた、名前も顔もちゃんと知らないバンドのフリーライブは、思いのほか好みの音楽で、私はわずかな悔しさを覚えていた。

思い返せば以前もそうだった。『ひとりで行きたくないから来てほしい』と誘われた、今でこそ有名になったバンドの対バン。ゲストで呼ばれたスリーピースのバンドが奏でていた音が耳から離れなくて、以降すっかり虜になっている。

「アンコールであの選曲は流石に天才すぎた。入りもよかったよね、ね？　ね！」

「すぐ同意求めないの」

「だって！　だってさあ⁉　良かったじゃん⁉」

終演後、興奮が冷めないユウナが楽しそうにライブの話をしている。すかさずモモコが恒例の如くユウナに注意を入れるけれど、お構いなしにユウナは話し続けた。

その姿は本当に楽しそうで、ユウナがわかりやすいタイプといえど、感情は雰囲気に直結するんだなと他人事のように思った。

『庄司さんっていつもつまんなそうな顔してる』

ふとした瞬間に、記憶の中の仁科くんが話しだす。彼にまつわる噂を聞いたのはもう一週間以上前のことで、忘れてもいい頃なのに。

つまんなそうな顔って、どんな顔？

ユウナが今、誰から見ても楽しそうに見えるのと同じで、私は誰から見てもつまらなそうに生きていたのだろうか。

怖くなった。私は、このまま生きていくのが怖くて仕方がない。

「でも今日、あやちゃん楽しそうだった！」

思いがけない言葉に「は」と反射的に声がこぼれる。記憶に残る仁科くんとは真逆のことを言われ、私は数秒固まった。

「横見たらさ、あやちゃん笑ってたんだもん。前の時も結構印象的だったからさ、あたし覚えてるんだよ。あやちゃん、こういうバンドの音楽好きなのかなあって思って」

「そう……だった？」

「そうだったよぉ。ね。だから、誘ってよかった！」

眩しいほどの笑顔だった。直視することはできず、私は目を逸らす。捻くれた思考ばかりの自分があまりに恥ずかしく思えて、消えたくなった。

帰り道は、それからまたしばらくユウナがほとんどひとりで話し続ける時間が続き、あっという間に私たちがいつも別れる交差点が見えてきた。

「楽しい時間ってホント一瞬でやだなあ」

「てかさ、明日って古典の小テストなかったっけ」

「え、そうじゃん。最悪だぁ……――って、あれ？」

ユウナが突然、数メートル先を見て声をこぼした。つられるように顔をあげ、彼女と同じ方向に視線を向ける。

そこには、あたりをキョロキョロ見渡す、やや挙動不審な男の姿があり、私は驚いて足を止めてしまった。

その男は、仁科くんとよく似た容姿をしていた。

「仁科くんじゃん。弟のほうの」

「仁科新《あらた》……だよね？　名前。あんまちゃんと話したことないけど、顔、めっちゃ似てるよねぇ」

「……あ。こっち気づいた」

「手でも振っとく？　おーい、新くーん」

「ちょっとユウナ、やめなってば」

中学時代、一度も同じクラスになったことはなく、関わった機会は無に等しい。

仁科くんが双子であることは皆共通の認識であったものの、スポットライトを浴びるのはいつも仁科翼くんのほうで、仁科新くんに関する話題はあまり耳にしたことがなかった。

私たちの存在に気づいた新くんが小走りでこちらに駆け寄ってくる。

私たちに用事があるのだろうか。仮にそうだとしたら、思い当たるのは、先週ユウナから聞いたあの噂についてだ。

「翼のこと、なにか知らない？」

開口一番、彼は私にそう言った。ユウナでもモモコでもなく、その質問が私に向けられている自覚があった。

「あいつが書いてた日記に庄司さんの名前があったんだ。庄司さん、もしかしたらなんか知ってるんじゃないかと思って」

「……日記？」

「うん。時々この辺り歩いてるの見かけてたから、話しておきたくて……ごめん、待ち伏せみたいなことして」

新くんの謝罪に戸惑っていると、「絢莉」と、モモコに名前を呼ばれた。

「あたしら先帰ってるね」

「え、ちょっとモモちゃん！」

「なんかあったら相談乗るから、その時は言ってよね」

モモコはそれだけ言うと、半ば強引にユウナを連れて交差点を渡っていった。

短い言葉だったけれど、モモコの気遣いをわかりやすく感じ、申し訳なさと感謝が混ざり合う。

帰っていくふたりの背中を見つめていると、新くんが再び口を開いた。

「ごめん。場所変えよう、少し長くなるかもしれないし」

近くの公園のベンチに座り、私は新くんの話を聞いた。

「先週、学校に来てないって連絡あって。翼とは連絡つかなくて、そのまま。警察に連絡したら家宅捜査が始まって。……日記は、翼の部屋で見つけた」

仁科くんの日記に、私の名前があった。名前を出すほど彼の中で、私は印象的な存在だったのだろうか。気になって質問すれば、「具体的なことが書いてあったわけじゃない」と言われた。

ますますわからなくなった。仁科翼という人物が何者なのか、今この場で正しく説明できる人なんていないるのだろうか。

そもそも、仁科くんが日記をつけるようなタイプだったことにもびっくりだ。

「双子だけど、おれは翼のこと全然知らないから。今から聞くことが失礼なことだったらごめん」

「いや……」

「庄司さん、中学の時、翼と仲良かった？」

仲は、決して良くなかった。むしろ嫌われていたような気もする。

三年生の時、放課後の教室でぶつけられた言葉は、間違っても好意がある人間にわざわざ伝えることじゃないはずだ。お互いの悩みを相談し合うような関係でも、恋に落ちるような甘酸っぱい関係でもなかった。

「全然仲良くなかった。まともに話したのも数える程度だよ」

そんな状況下で、私だけが意識していた。

私だけが、仁科くんを忘れられずにいた。

「……翼ってさあ、おれと違って真面目で良い子なんだよね。人付き合いもうまいし、なんでもできる。しんどいこと、しんどいって言わないし。なんかでもそれってさ、いつもどっか諦めてるってことだと思うんだよ」

新くんがぽつぽつと話しだす。夏の夕焼けに照らされた横顔は、私が知っている仁科くんの横顔にそっくりで脈が速まった。

「言わないだけで、本当は、触れたら簡単に爆発しちゃうような爆弾抱えてたんじゃないかって思ったら、おれ、どうしていいかわかんなくなった」

「爆弾……」

「失ってから気づくって本当なんだ。そんで、自分が嫌いになる。向き合うことを遠ざけてきた過去の自分も、なにもできない今の自分も、すごく邪魔だ」

彼には彼なりの悩みがあったのだろうか？

仁科くんは、本当はどういう人だったんだろう。私がもっと、私のような人間じゃなかったら、仁科くんがなにかを吐き出したい時に受け止められるような存在になれていただろうか。

仁科翼は〝消えた〟。詳細は、誰も知らない。

「庄司さんは、どう思う?」

「どうって?」

「翼は、やっぱり死んだって思う?」

仁科翼は死んでしまったのか。そうじゃなかったとして、彼はどこへ行ったのか。

仁科くんとの思い出を振り返ったところで、仁科くんが抱えていたものを想像したところで、仁科くんが目の前に現れてくれるわけじゃない。

真剣な眼差しで見つめられ、言葉を詰まらせる。新くんの額には汗がにじんでいて、時折拳を膝の上で強く握りしめられていた。

「……ごめん。私、仁科くんと仲良くないからわかんないよ」

思ったより低い声が出て、自分でも驚いた。

自分のことのように必死になれるほど、私は仁科くんとの思い出があるわけじゃない。

だから、家族といういちばん強い繋《つな》がりがある新くんのことが、私は羨ましかった。

仁科くんがいなくなって、悲しくて涙を流せるくらい、汗だくになって君を捜せるくらい、生きていてほしいと堂々と願っても良いくらい、私も仁科くんとの思い出がほしかった。

「……そうだよね。時間とらせてごめん、ありがとう」

「べつに……」

「もし今後なにか手掛かりになるようなことがあったりしたら連絡してほしい。気が向いたらでいいから、頼むよ」

新くんはそう言って私に携帯番号が書かれた紙切れを握らせると、ベンチから立ち上がり、小さく会釈をして公園を後にした。

ひとりそこに取り残された私は、逃げるように空を仰いだ。オレンジと青が混ざり合ういびつな空は、少々不穏で不安定な私の心と比例しているような気がした。

ポケットからスマホを取り出し、画面に収める。

『今日の空、綺麗だよね。収めておきたいって思うの、わかるよ』

シャッターを切る音は、まるでそこに仁科くんがいるかのような感覚を連れていた。

仁科くんも今、どこかで同じ空を見ているだろうか。

帰宅した後、私は義務のような感覚でクローゼットの奥から卒業アルバムを引っ張り出した。

三年前のことを思い出すには、あまりにも材料が足りない。卒業アルバムなんて、何年か経って、ふざけて友達同士で見返すくらいで、全校生徒が平等に写るように計算されたそれらを見返す機会はめったにない。実際、私がこのアルバムを手に取ったのは三年ぶりのことだった。

各クラスの個人写真から始まり、学年やイベントごとに写真が記録されている。高校生になってから伸ばすようになったモモコの髪が、この時はまだ短かったなあとか、ユウナはよくスカートを短くして生徒指導の先生に怒られていたなあとか。写真は静止画だけど、当時の気持ちまで鮮明によみがえらせる特殊な力がある。

懐かしさに浸り始めていた時、ふと、一枚の写真が目に留まった。三年生の時の体育祭の写真で、ページの端の方に小さく抜き出されているものだ。

青いハチマキを巻いて、美しいフォームで走る仁科くんの姿に、当時の気持ちが思い起こされる。思い返せばあの日は、仁科くんの走る姿があまりにもかっこよくて、煌めいて見えた日だ。

その写真に写る仁科くんは、風に前髪があおられて額が見えていた。

こめかみのあたりに、ふたつ連なった黒子がある。それは、本人に気づかれないように遠目から見つめるだけじゃ気づけなかったもの。

双子の黒子を見つけた瞬間、当時の私が隠してきた——敢えてそうしてきた気持ちが露呈したような気がした。抱えきれなくなった感情が次々にあふれ出す。

「……ホントに同じだったんじゃん、私たち」

ぼろぼろとこぼれる涙を拭い、その流れで自分のこめかみに触れる。

そこにある、双子の黒子。写真に写る仁科くんとおそろいのそれに、愛おしさがこみ上げた。

仁科くんに、私と同じ位置に黒子があったなんて知らなかった。

遠くからじゃなくて、その黒子にもっと早く気づけるくらい、近くで君を知りたかった。

思い返せば。そういえば。そんな言葉をつけるだけで簡単に思い出すことができる記憶は、本当はちゃんと覚えていることなのだと思う。都合が悪いから、忘れたふりをしているだけだ。

私はいつもそうだ。ユウナから教えてもらった音楽が本当はとても好みだったことも、仁科くんに特別な感情を抱いていたことも、都合が悪いから忘れたふりをして生きてきた。

わざわざ思い返さなくたって、ちゃんと気づいていた。

好きだったのだ、君のことが。

確かにあの時、私は仁科くんに恋をしていた。

どうして今更気づいてしまったんだろう。時々息苦しくなるくらい小さな街で、「好き」のたった二文字すら届けられなくなる前に、どうして気づけなかったんだろう。

いや、今だから、気づけたのかもしれない。

「……ずるいよ、仁科くん」

好きだ。君のことがもっと知りたい。生きていてほしい。

私は、まだ君になにも言えていないから。

変わりたい、変われない。――――変われるだろうか、今からでも。

それでいつか、私が私の人生を愛おしく感じるようになれたら。


翌日。学校に行くのは、ほんの少し億劫《おっくう》だった。

ユウナとモモコに、新くんと交わした会話のうち、どこを切り取って説明すれば良いのかわからず、昨晩はうまく眠れなかった。誤魔化そうかとも考えたが、仁科くんのニュースは一度私たちの間で話題にあがっていたからこそ、双子の弟である新くんが接触してきた事実を、「無関係です」で済ませられるとは思えなかった。

なにより、仁科くんのことを無関係だなんて言いたくなかったのだ。

登校すると、いつも通りユウナとモモコが私の席を囲うようにして話をしていた。私の存在に気づいたユウナが、「あやちゃんおはよぉ」とゆったりとした口調で話しかけてきた。隣にいたモモコが続けて「おはよー」と言う。

「あやちゃん昨日のドラマ見た？」

「ドラマ……あ、見てない」

「そっかぁ。あたし録画し忘れちゃったんだよねぇ。やっぱサブスク入ろうかなあ。入るならどれがいいんだろうね？　あやちゃんどう思うー？」

「ど、どうだろう……」

「なんでも絢莉に聞いて決めようとするのやめなよ」

「だってモモちゃん、サブスクっていろいろあんの！　あやちゃん前に何個か入ってるって言ってたから参考にしたいじゃん！」

いつもと変わらないふたりに、私は動揺していた。聞かれるものだと思っていたから、あまりにもいつも通りすぎる様子についていけていなかった。

リュックを下ろし、さび付いた椅子を引いて座る。「……あのさ」と控えめに口を開くと、ふたりはサブスクをめぐる言い合いをやめて私を見た。

「ふたりとも……気にならないの？　昨日のこと」

　自分から話をぶり返すのはどうかと思ったが、このままなにもなかったかのように接するのは誠実じゃないような気がした。

　私の質問に、ユウナは少し考える仕草を見せ、それから答え始めた。

「気にならないかって言われたらそりゃ気になるけどぉ……あやちゃんが言いたくないことなら聞くつもりないよ。中学の時からあやちゃんって秘密主義だし。それに、あたしみたいな適当人間がまともに力になれるとも思ってなかったから。代わりに少しでも気が紛れたらいいなって思ってさ、いつもいっぱい話しかけちゃうんだよねえ」

「……そうだったの？」

「逆に空気読めてなくてモモちゃんには怒られちゃうけどねっ」

　全然知らなかったことだ。ユウナのことを、私はよく知ろうとしないまま勝手に決めつけていた。

　言葉を交わさないとわかり合えないことがある。

　思い込みで、他人のことをわかった気になってしまうことがある。

　自分だけが負担を抱えていると思っていたことは、蓋を開けてみれば、意外とお互い様だったりもする。

私たちが息をしているのは小さくて窮屈なところで、時々息苦しくて逃げ出してしまいそうになるけれど、だからこそ、深まる出来事もきっとあるから。

「……ユウナのおすすめのバンド、もっとたくさん教えてほしい」

「え！　もちろんだよ！　あやちゃんが好きそうなのいっぱいメモしてるんだから！」

全てをわかり合えない私たちは、妥協と本音で息をする。

『今日の空、綺麗だよね。収めておきたいって思うの、わかるよ』

どこかで、シャッターを切る音が聞こえた。


それから二日後、ラインの通知が鳴った。

差出人は、仁科翼だった。

二．不確かな青い棘《とげ》（*side*：青砥《あおと》千春《ちはる》）

テレビで、日本中が共感し、泣いたと当時爆発的に話題になっていた映画がやるらしい。

ふたつ上の姉は、風呂から上がった足で冷凍庫からアイスを取り出し、それを咥《くわ》えるとソファを陣取った。先に座っていたのは僕なのに、そんなことはおかまいなしにど真ん中に座る姉の心情が知りたい。毎度のことなので、僕はなにも言わずソファの端に座りなおした。

姉が、まだ濡《ぬ》れた髪をバスタオルで雑に掻《か》きながらテレビの音量を三あげる。「あと二分だったあぶな！」と言う彼女のでかいひとりごとには触れず、僕は麦茶を啜《すす》った。

「ねえお母さん、これって録画してないんだっけ」

「してないよ。お父さんが見たいって言ってたほう録ってるから」

「お父さんが見たいのってなにさ」

「ラグビーよ、いつもの。フランス戦は見逃せないんだってさ」

「なにそれー……他に誰が見るわけ？　相手がフランスだからなんだってのよ」

父はまだ帰ってきていなかった。通常であればだいたいこの時間は帰宅しているけれど、最近は上司がひとり休職したらしく、引き継ぎ業務などが立て込んでいて残業が続いているそうだ。

僕もこのまま普通に生きていったら、何年後かに父のように残業に追われているのかと思うとぞっとする。

「あーもう。容量の無駄遣いじゃん」

姉の低い声がこぼれる。父自身、仕事の有無に関わらず、自分以外にラグビーに興味がある人がいないから、録画したものを休日にひとりで見るようにしてくれているというのに、それでもなお容量の無駄遣いだなんて言われるのは少々可哀想だと思う。とはいえ思うだけで、べつに僕が姉にどうこう言うわけでもないのだが。

姉ほどの嫌悪はないけれど、僕も同じで、ラグビーなんて全然わからないし、つまらないだろうから見ようなんて気持ちになったことはない。

そしてそれは、これからもきっと同じだ。

「あ、始まった。静かにしてよ千春」

「いちばん喋ってんのは姉ちゃんだと思うんだけど」

「あーはいはいうるさいうるさい、黙れ、しゃべるな」

「なんなの……」

シッシッと手を払う姉を見て、恋人の前じゃ絶対そんなことしないし言わないくせに、と、そんなことを思いながら、僕は姉に敢えて聞こえるようにため息を吐いた。

不仲ではないが、特別仲良くもない。ただ、血が繋がっているから、恋人や友達に見せない部分を少しばかり知っているだけだ。


映画は、ふたりの高校生が自分探しの旅に出るという青春ものだった。言ってしまえばありきたりな展開で、「みんなここで泣くでしょ?」といった作者の思惑が垣間見えて正直あまり楽しめなかった。

映画を見ている間、ふと隣に視線を向けると姉は泣いていた。男女の感覚の違いもあるのかもしれないが、とはいえ姉ちゃんそれじゃ作者の思惑通りだよ、と思った。

それから後の時間はこの映画におけるヒットの理由について考えていたものの、映画が終わる頃には睡魔が顔を出していて、考えたはずのヒットの理由は疎か、前半のエピソードすらもうほとんど思い出せなかった。

映画が終わると、「あーまじ泣いたぁ……」と姉はしみじみ呟《つぶや》きながら部屋へと戻っていった。感想を共有し合う仲ではない。それを僕等はお互いにわかっている。

「千春も金曜だからって調子に乗って朝までゲームするとかやめなさいね。明日お昼からバイトなんでしょ」

「うんー」

「お母さんももう寝るから。お父さん帰ってくるまでチェーン掛けちゃだめだよ」

「あいー」

ソファに座ったままくぁ……と欠伸《あくび》をする僕に、母がそう声を掛ける。母の小言はうるさいけれど、生活に支障が出るほどじゃない。スマホをいじりながら適当に返事をすると、「聞いてないんだから……」と呆れたようなひとりごとが聞こえた。それからすぐ、母も寝室へ行ってしまった。

「続いてのニュースです。B市に住む男子高校生、仁科翼くんの行方がわからなくなっていると、翼くんの母親から警察に通報がありました」

部屋に戻ってゲームでもしようかとソファを立ち上がった時、ふと、そんなニュースが耳に届いた。

次の番組までの繋ぎで放送されるニュースなんてこれまでまともに見たことはなかった。

普段は天気予報ですら翌朝には忘れて、母に「今日帰る頃には雨だけど傘持ったの?」と教えてもらうことが圧倒的に多い。そんな僕でもつい意識的に耳を傾けてしまう理由が、ちゃんとあったのだ。

誰もいなくなったリビングに、アナウンサーの無機質な声が響いている。

B市、それは人口二万人の小さな街であり、僕の住む場所でもあった。特別なにか観光できる場所があるわけでも有名人の出身地でもないので、全国ニュースになることなんてめったにない。

県内の進学校に通う男子生徒――仁科翼の行方がわからなくなっているらしい。

全国ニュースにされるほどのことが、僕の地元で起こっている。テレビには制服を着た綺麗な顔立ちの男子高校生の写真が映っていて、それはどこか、なつかしさを連れていた。

「現在も捜査が続いており、警察は情報提供を呼びかけています。続いてのニュースです。全国各地の餃子《ぎょうざ》を楽しめるイベントが――」

地元の男子高校生が行方不明になっていることと、餃子フェスが盛り上がっていたことが隣り合わせで発信されるような世界線で、僕は生きているらしい。

「ねえアオハルくん、今日なんか目赤くない？　やっぱりあの映画泣けた？」

翌日のバイト中。昼時のピークを終え、店内に落ち着きが戻って来た頃、バイト先の先輩であるシマさんは、充血した僕の目を見てそう言った。

テレビで昨日見た映画がやるらしい、と教えてくれたのはシマさんだ。自分は見る気がないから見たら感想を教えて、と言われたのが経緯である。

「いや、この充血は今朝なかなかコンタクトが入らなかったせいです。ちなみにあの映画、僕は全然泣きませんでした」

「まじか、ホントに人間？」

「〝日本中が泣いた〟とか〝共感した〟とか、あんなんただの視聴者釣りだと思いますよ。実際、日本中が泣いたとか言っておいて僕は泣かなかったし」

「夢がないなあ」

「てか文句言うなら自分で見てくださいよ……」

けらけらと笑うシマさんに冷めた視線を向けながら、僕はグラスの水滴やこぼれたドレッシングで汚れたテーブルを拭く。

自宅から十五分ほど電車に揺られて着いた駅からさらに五分ほど歩いたところにある、こぢんまりとしたカフェバー。僕がここをバイト先に選んだことに大した理由はなかった。ただ、自宅と学校のちょうど中間に位置する場所で、働いている人が少なそうで、時給が高くて、賄いがつくという好条件だったから、というだけ。

合わなかったらすぐに辞めようと思っていたが、運が良いことに店長や他のバイトの人たちの人柄が良く、人との関わりを多く求めない僕でも程良く馴染める場所だったので、今に至る。

「でもなんかアオハルくんらしいや。視聴者釣りとか」

「実際事実じゃないですか？」

「じゃああの〝日本中が共感した〟ってやつ、アオハルくんが制作側だったとしたらどう考える？」

「えー……〝共感できる人もいる！〟とか」

「わはっ、素直すぎて清々しい！」

素直、というか、事実を述べただけなのだが。シマさんが手を叩いて笑うから、だんだん恥ずかしくなって「そんな笑うポイントないですよ……」と小さく呟いた。素直すぎて清々しいのは、ある意味シマさんも然りだ。

カランカラン……と入り口のベルが鳴り、ふたり組の女性が店内に入って来た。

「あ。いらっしゃいませ、こんにちは。お久しぶりですねぇ」

「そうなんですよ、最近忙しくてランチどこにも行けなくて」

「うわー、いつもご苦労さまです。窓際のお席、空いてますのでどうぞ」

「ありがとうございます」

シマさんが柔らかな笑顔で話をしている。ふたりの女性はこの店の常連で、月に数回、ピークを終えた時間帯にランチを食べにやってくる。最近見かけないなと思ってはいたが、聞く限り仕事が多忙だったみたいだ。

会話を交わしながらふたりを席に案内するシマさんの姿を見て、やっぱりシマさんは接客業に向いていると実感した。

今日に限ったことじゃない。頻度が稀《まれ》だとしても何度か来たことのあるお客さんには「いつもありがとうございます」と言うし、アレルギーを持っているお客さんには聞かれる前に具材の説明をしたりする。ちょっとした会話を繋げて広げるのも上手だと思う。

容姿も整っているから、男女問わずシマさんと話したくてカウンターに座る常連さんも一定数いるみたいだ。

僕には到底真似できない接客術をたくさん持っていて、僕はシマさんのことを尊敬していた。それは他の従業員も同じなようで、つまるところシマさんは、周りからとても好かれてて必要とされている人気者、というわけである。

「あ。アオハルくん」

その日は、退勤時間がシマさんと同じだった。バックヤードで、僕より一足先に着替えを終えたシマさんがなにかを思い出したように開口する。名前が青砥千春《あおとちはる》だから、最初と最後の文字をとって「アオハルくん」らしい。

ひとりでいるほうが楽だと感じるようになったのはいつからか。

学校という窮屈な箱の中で、下品な話で盛り上がる同性も恋愛感情に侵されて周りが見えなくなる異性も、僕にとってはあまりに面倒で、無理をしてまで友達になりたい人達ではなかった。

ずっとそんな気持ちを抱えて生きてきたので、僕に友達と呼べる人はいなかったが、その事実を寂しいと思ったことすらなかった。

青春なんてものとはかけ離れた生き方をしている僕に青春を匂わせるあだ名をつけるなんて、皮肉にもほどがある。最初の頃は「その呼び方やめてくださいよ」「なん

「でぇ、いいじゃん」「煽りにしか聞こえない」「煽ってるから間違いじゃないよ」「人としてどうかと思いますが」などというお決まりのやりとりがあったけれど、それもいつの間にかしなくなった。

日々は、僕等のあたりまえを肯定するために過ぎていく。

「昨日ニュースで見たんだけど、高校生の男の子がいなくなった事件って、アオハルくんの地元じゃなかった？」

「……あぁ、はい」

「今日電車乗る時、警察が聞き込みしてたの。私の最寄りでそうだったから、アオハルくんのところとかもっとすごいのかなって。ごめん、これはただの好奇心だから答えなくてもいいんだけどさ」

シマさんはまっすぐな人だ。どういう気持ちで言葉を紡いだのかを教えてくれるから、踏み込まれても嫌な気がしない。べつに気にしないですよと言うと、シマさんはありがとうと言った。感謝されるほどのことはしていないのに、そういうところが彼女はとても律義だと思う。

「仁科翼って、僕の同級生だったんですよね」

「え、そうなんだ？」

「でも、仲良かったとかそういうんじゃないので。ただ通ってた中学が同じだったたってだけですよ。名前すら呼んだことないくらいの関係です」

県内じゃ有名な進学校に通う男子高校生が行方をくらましたというニュース。昨日、映画が終わった後に偶然耳に入った、あれだ。

行方不明になった仁科翼という人間は、中学校の同級生だった。

警察は近隣住民への情報提供を呼び掛けていて、シマさんの言う通り、僕の地元では駅だけにとどまらず街の中で市民に声を掛ける警察の姿を見た。生憎僕は目が合う前に人の波に紛れて駅に向かい逃げるように電車に乗ったから、警察につかまって時間をロスすることはなく出勤できたわけだが。そのことを伝えると、シマさんはきみらしいねと言った。

「……なんか、意外だったんですよねぇ」

彼が消えた、と聞いて、僕が抱いた感情はそれだった。行方不明になった理由は明確ではないが、なんらかの事件に巻き込まれた可能性もあるらしい。昨晩そのニュースを見てから僕はどうにも真相が気になってしまい、ネットで同じニュースを検索をしてみたところ、「自殺もフツーにありえそう」「今時の若者は弱い」とか、一部ではそのような意見が飛び交っていることも知った。

けれど、あの仁科翼に自ら命を絶つという可能性があることが、僕にはまるで想像ができなかった。

「意外って?」

「なんていうか、仁科はいわゆる光属性ってやつだったから」

僕が知っている仁科翼は、勉強も運動もよくできて、愛想も持ち合わせていて、誰とでも平等に関わることができる、なおかつルックスも良いといった具合に、とにかく全てを兼ね備えた完璧人間だった。

とはいえ、目立ちたがり屋だとか仕切りたがりだとかそういう一面はなく、ただ単に平均以上の才能や愛嬌《あいきょう》があり、誠実そうなオーラもあった。

こう言ったら失礼なのかもしれないが、彼のことをよく知らない僕からしてみても仁科は悩みなんてなさそうに見えたし、日々が充実している人なのだと思っていた。

生きることそのものに生きがいを感じていそうなタイプだ。人付き合いを面倒くさがってひとりになりたがる僕とは、どう頑張っても交じわらない。

「光属性かぁ」

「え?」

「ねえアオハルくん。それはきみと、きみと同じ考えを持つ人の意見ってだけじゃないのかなあ」

　シマさんが言葉を落とす。そこにどんな感情が込められていたのか僕にはわかりそうになかったが、いつもより幾分か彼女の声色は冷えていた、ような気がした。

「きみは同級生くんとは仲良くなかったんだよね。ただの同級生ってだけで」

「え？　ああ、それはまあ」

「じゃあなにを根拠に同級生くんが自殺なんかしないって思ったの？　彼がいなくなってそれを意外だと思ったのはどうして？　光属性って、誰が最初にそう言ったんだろうね。それなのにアオハルくんの中で彼はもう死んだことになってるのはどうして？　行方不明と死は同じじゃないと思うんだけど」

　シマさんの怒涛《どとう》の問いかけに僕は口を噤んだ。シマさんよりかはまだ僕のほうが仁科のことを知っているはずなのに、彼女の言い分を否定するだけの思考を、僕は持ち合わせていなかった。

　ニュースを聞いて意外だと思った。僕の知る仁科翼がそんなことをするような人に思えなかったからだ。

　楽しく人生を謳歌《おうか》しているくせに、死にたくなるような悩み事を抱えているなんてありえない。なんでも持っていたくせに、捨てたくなるような自分を隠していたなんて、仁科に限ってあるはずがない。

仁科翼は消えた。彼の生死に関する真実は、誰も知らない。

けれど僕は、仁科は死んだのではないかと思い込んでいる。警察はなんらかの事件に巻き込まれた可能性があると言っていたし、ネットでは自殺の可能性もあると言われていたからだ。最初に目や耳に入った情報を正解だと思い込んでしまう。だいたいの人間に、そういう傾向があると思う。そしてそれは、僕も然《しか》りだ。

「同級生くんが零から百までアオハルくんや周りが思うような人だったっていう保証、どこにもないよね。彼がいなくなったのが事件なのか事故なのか故意なのかすらなんにもわかってないんでしょ」

「それはそうですけど……」

「ね。だから、憶測で人のことを勝手に決めつけるのは、想像力に欠けると思うな」

シマさんの言ったそれは他人事のようで、だけど一概にそうとも言い切れないような、意味をたくさん含んだ言葉だった。

「ちょっとだけ、関係ない話してもいい？」

なにも言えずにいた僕に、彼女は静かに語り掛ける。

「人にわかってもらえないってねえ、思ってる何倍もつらいことなんだよ。最初は頑張るんだけどさ、だんだん受け入れてもらうことを諦めて、周りの〝普通〟に合わせるのが癖になっていく。自分が勝手にやってることだってわかってても、時々苦しくてどうにもできない時もあるの。なーんでこんなに生きづらいんだろうねえ……」

なにかを思い返すようにシマさんがぽつぽつと言葉を起こす。想像力に欠ける僕は、彼女の言葉の意味を半分も理解できていなかった。

周りの〝普通〟に合わせることは、そんなに大切なことなのだろうか。

負担になるような人間関係は、生活の邪魔をする。周りに人がいればいるほど悩みは増えて、居心地が悪くなる。だから僕はひとりが好きだし、ひとりでいたいと思う。そのほうが、無理して人と同じ歩幅で歩くよりよっぽど楽に呼吸ができるから。

そうは思っても、シマさんの前でそれをどう言葉に起こしていいかわからない。返事に窮する僕の思考を見透かしたように、彼女はハハ、と小さく笑った。

「言ってる意味がわかんないって顔してるね」

「……いや。すみません」

「いいの、謝ることじゃないから。でも、みんながみんなアオハルくんみたいにひとりを好むわけじゃないからさ。弱さを見せることが苦手な人もいるんだよ。なにかしらの理由があって敢えて言わない人とかもいると思うし、そもそも自分の弱さを自覚してない人もきっといる。ひとりになりたくてもなれない人とかもね」

みんな別々の人間だからしょうがないんだけど。そう言ってシマさんが息を吐く。少しの寂しさと諦めを含んだような声色に、どうしてかちくりと胸が痛んだ。

「私だってそうなんだ」

「え？」

「私が大学出てからもここでバイトしてる理由なんて、人にへらへら笑って言えるようなことじゃないし」

僕が知っているシマさんは、要領が良くて、仕事が早くて、ユーモアもあって、容姿も端麗で。きっとどこに行っても必要とされて、周りにたくさん愛されるような人。

そんな彼女が大学を卒業してからも継続してこの店で働いている理由を、僕は聞いたことがなかった。女性に年齢を聞くよりもずっとずっと触れちゃいけないことのように感じていたのだ。

話してくれたことによると、シマさんは就職活動で挫折し、精神的に追い詰められていた時期があったそうだ。

彼女が大学四年生で就職活動の時期であることは周知の事実だったので、しばらく出勤していなくても僕は気にも留めていなかった。

大学を卒業したら就職するのがあたりまえ。家を出て、自立して暮らしていくことが平均的。友人は次から次へと内定が決まり、「シマちゃんはきっと大丈夫だよ！」と無責任な言葉を掛けられ、なかなか〝大丈夫〟になれない自分には苦しみが募っていった。

世の中が勝手につくり上げた固定観念にとらわれて、思考も体も自分のものじゃないみたいに感じていたという。

それでも普通に頑張っているふりをして、周りに心配をかけないようにポジティブなふりをして、就職の話題が出るたびに「もうちょっと頑張ってみる」と言ってやり過ごした。

頑張りたくないこと、頑張ることすらつらいこと、もう頑張れそうにないこと。それらを〝頑張る〟ことは、とてもつらい。家族はそのままで良いと背中をさすってくれたが、それすらも鬱陶しくて煩わしかった。

「大丈夫なふりって、するだけ無駄だった。あんなにぼろぼろに生きてても、大学の友達も家族も誰も見抜いてくれなかったんだもん。あの時の私、全然、少しも大丈夫じゃなかったはずなのに」

シマさんは、そう言っていた。

本人の口から聞いた事実は、僕が知っているシマさんからは想像もできないことだった。

「意外だった？」

「……そう、ですね。正直言うと、シマさんは悩みがなさそうだって思ってました。なんでもうまくこなせていいなって。同い年だったら僕は多分シマさんのことは苦手になってたまであります」

「わはは、言うねえ。アオハルくんの正直すぎるところ、嫌いじゃないよ」

「すみません」

要領が良くて、仕事が早くて、ユーモアもあって、容姿端麗な彼女でも、ひとりで枕を濡らす夜があった。誰かになにかをわかってもらいたいと願う日々の中にいた。

それでも、シマさんは僕の前ではなんでもできるシマさんのままだった。多数派に上手に紛れ、弱さを隠して、普通に生きているふりをしていたのだ。

「弱いところを一度誰かに暴かれたら止まらなくなっちゃうんだ。自分はこういう人間だったんだって自覚するともうだめなの。終わりの始まりってやつ？　この弱さは自分が死ぬまで一生付きまとってくるのかあって思ったらさ、消えたくなっちゃうよね、ホント」

「うぅん。今はもう結構落ち着いてる。わかってもらいたい人には、ちゃんと大丈夫じゃないって言えるようになったから」

「……そうですか」

「急にごめんね。きみの同級生くんの話聞いたら、少し思い出しちゃって」

仁科のことはおろか、比較的親交のあるシマさんのことですら、僕はなにも知らない。面倒くさがっているふりをして、人と関わることから逃げている。

ひとりを好むのは、誰かに踏み込む勇気がないからだ。誰かの弱さに触れるのが、本当はとても怖かった。

「日本のニュースがどんなに噂を流しても、生きてる可能性を信じ続ける人もきっといるんだよ。きみが〝日本中が泣いた〟あの映画で泣かなかったみたいにね」

「シマさん、僕は……」

「わかり合えなくていいから、わかろうとしてほしい。少なくとも私はそう願って生きてる」

ねえ、アオハルくん。

シマさんが静かな声で僕を呼ぶ。

「きみは、仁科翼くんの背景を考えたことはある？」

その質問に答えられない自分に、遣る瀬ない気持ちが募った。


「え。千春、あんたなんでお父さんと一緒にラグビーなんか見てんの」

「べつに、なんとなくだけど」

「なにそれキモぉ……」

「お前も見るか？　フランス戦、25対13！　まだまだ勝負は続くぞ！」

「はあ？　見るわけないじゃん。テンション高いのキモいんだけど」

辛辣《しんらつ》な姉と少々可哀想な父の会話を無視して、僕は再びテレビに視線を移す。

日曜日、夕方。先日、映画の地上波放送の時間に被っていたラグビーの録画試合を見ていた父に、僕は「ラグビーってなにが面白いの？」と聞いてみた。姉が言う「容量の無駄遣い」が果たして本当にそうなのか、確かめてみたくなったのだ。

父は一瞬驚いたように瞳を大きくしたが、すぐに嬉《うれ》しそうに微笑み、「ちゃんと見てればわかってくる」とだけ言った。

ラグビーの詳しいルールを僕はこれっぽっちも理解できていなかったが、実況や観客の歓声でどちらに得点が入ったとか、どれがファインプレーだったとか単純なことはわかってくるので、知識がなくても意外と楽しめるものだと知った。

今後も見るかどうかの二択を問われたら多分そこまで夢中になる事柄ではないなと思ったが、それでも今、父のことをわかろうとすることは、僕に必要である気がしたのだ。

『わかり合えなくてもいいから、わかろうとしてほしい』

シマさんに言われた言葉は、僕の思考を溶かすように反芻《はんすう》していた。


試合を見終えた後、僕は自転車を走らせコンビニに向かっていた。

母が、カレーを作るのに肝心なルーを買い忘れたらしいのだ。既に飲酒してあてにならない父、夕飯準備で忙しい母、自由奔放で口が悪い姉とくれば、消去法で僕にお使いが回ってくることは、もはや避けられない。

夕暮れ時のわずかに冷たい風を浴びながら、僕は昨日の記憶を巡らせた。

『きみは、仁科翼くんの背景を考えたことはある?』

僕が知っている仁科が、零から百まで想像通りの人間じゃなかったとして。

たとえばシマさんのように、弱さを隠すのが上手で、普通のふりをして生きるのが癖になっていたとして。

完璧だと思っていた同級生が、本当は誰も知らないところであがいていたとしたら、彼が隠していた弱さってなんだろう。誰にも言えなかった本音はなんだろう。

仁科翼は、誰になにを、わかってもらいたかったのだろう。

なんて考えたところで、所詮他人でしかない僕に答えが巡って来ることはないけれど。

「こんにちは。君、ちょっと話を伺いたいんだけどいいかな」

「はあ、どうも……」

「この辺に住んでる仁科翼って人についてなにか知ってることない？　この写真の子なんだけど」

交差点で信号待ちをしていると、背後から警察官に声を掛けられた。変わらず聞き込み捜査が続いているようだ。目が合う前に逃げるのは得意だけど、背後から来られると太刀打ちできない。僕は小さくため息を吐き、差し出された写真に視線を移した。

テレビに映っていたものと同じだ。仁科の家族が提供したのだろうか。記憶に残る中学時代の仁科より確実に大人びた顔つきになっている。同じ男として羨ましく思ってしまうほど整った顔だ。高校でもさぞかしモテていたことだろう。明るくて爽やかで、写真からでもわかる友達がたくさんいそうな雰囲気。

やっぱり、彼と僕とは全然違う。

僕と仁科はただの同級生で、友達でもなんでもなくて、挨拶すらまともに交わしたことはなく、他人と呼んでも支障がない、その程度の関係性。

「どこかで生きててほしいですよね」

それでも、わかろうとしてみることにした。仁科翼という人間について、ニュースも伝聞もあてにせず、自分の頭でちゃんと考えたことを信じてみようと思った。

背景も事実も考えないうちに他人の生死を判断するのは想像力に欠けると、誰かにわかってもらいたいと願うシマさんは言っていた。

「はい?」

「仁科くん、死んでないって信じてます僕は。全然、ほとんど他人ですけど、勝手に信じるくらいいいかなって」

きっとみんな、それぞれ違う棘を抱えて生きている。

「あの、すみません、僕カレールー買って帰らなきゃいけないので。もういいですか」

「え。あ、ちょっと君!」

警察官にそう告げて、僕は再び自転車を漕《こ》いで風に乗る。

ふと視線の先、交差点を曲がる若い男性が目に入った。

白い肌に、薄い体。それにむかつくくらい綺麗な横顔が、どこかなつかしさを連れていた気がした。

「仁科？」

慌ててサドルから体を浮かし、立ち漕ぎでペダルを回した。

衝動的に追いかけてしまうほどのなつかしさを、僕は信じることにする。

その夜食べたカレーは、長い間固まっていた脳をたくさん動かした僕の体によく沁《し》みた。

三．残光《ざんこう》は遠のいて（*side*：永田百々子《ながたももこ》）

「あたし、あやちゃんに失礼なこと言ったかなぁ」

　友人のユウナが、机に肘を立て枝毛をちぎりながらぼやいている。背もたれに体重を預けたあたしは、スマホを弄りながら横目で彼女を見下ろした。

　机の上に寝かせたスマホには彼女の好きなバンドのステッカーがべたべたと貼ってあり、その中に一枚、私とユウナ、それから幼馴染である絢莉の三人で、つい先程撮ったばかりのプリクラが挟まれている。

　真ん中に絢莉がいて、ユウナが笑顔を浮かべて彼女に抱き着いている。あたしはどうしても恥ずかしさが勝ってユウナのように抱き着くことはできず、絢莉の隣で控えめにピースをしていて、その顔はへたくそに笑っていた。

「ねえモモちゃん、聞いてる？」

「あー、うん。聞いてる聞いてる」

「じゃああたしが今言ったこと言ってみてよ」

「うわぁ、なにそれだる」

日曜日、夕暮れ時。ユウナが好きだというバンドのフリーライブに参加した帰り道。絢莉と別れた後に寄ったファストフード店で、あたしとユウナはひとつのポテトを分け合っていた。

プリクラから視線を移し、冗談めかしてそう言えば、「モモちゃんひどすぎ！」とユウナが嘆く。彼女は百面相だ。感情をそのまま表現できる彼女のことは、時々羨ましく感じていた。

「『あたし、あやちゃんに失礼なこと言ったかなぁ』」

「え、ちゃんと聞いてくれてるんだけど！」

「だから言ったじゃん、聞いてるって」

ユウナの発言は、話しかけているのかひとりごとなのかわからない時がある。昔から、ひとりごとだと思って聞き流していたら返答待ちだったことが何度もあったので、返事をするかしないかはさておき、彼女の言葉には耳を貸すようにしていた。一緒にいるうちに癖になったそれは、良いのか悪いのかわからないけれど。

「仁科くんが死んだかもとかさー……」

「うん」

「無神経だったかもって、今なら反省できるんだけどな。あやちゃんに嫌な思いさせてたかなぁ。でもさ、あやちゃんが仁科くんと関わりあったなんて知らなかったわけじゃん？　だからなんていうか……えー、なんていうんだろう」

ポテトをかじりながらユウナが言う。反省と少しの葛藤を含む声色に、あたしは「なんていうんだろうねぇ」と相槌《あいづち》を打つ。

系統も性格も全然違うあたしたち。長年一緒にいるわりに、お互いに全部をさらけ出せる関係じゃないことが、時々怖くなる。

中学の時からずっと一緒にいるのは、地元が同じだからだ。三人のうち誰かひとりでも町を出たら、きっとあたしたちが集まることはないのだと思う。

つい先日、同じ中学校に通っていた仁科翼が消えたというニュースを見た。行方不明と報道されてはいたものの、どうやらネットやワイドショーでは自殺の可能性が高いという話になっているらしい。

連日あたしたちの地元では警察が事情聴取を行っていて、クラスメイトの中にも話を聞かれた生徒がいるみたいだ。てっきり、警察は仁科くんの交友関係を事前に調べて、関わりが深そうな人物をピックアップして聞き込みをしているものだとばかり思っていたから、全然関係のないクラスメイトにも事情聴取を受けた人がいると知り、要らない情報ばかりが飛び交って噂が広まるのってそういうのが原因なんじゃないの？　と何故かあたしが苛ついてしまった。

噂というのは、形の見えない害だ。いつどこで広まるかわからない。規模が大きければ大きいほど、それらを否定することはできなくなって、まるでそれが真実かのように扱われる。

自分が噂をたてられる側になった時のことを考えると、あたしは怖くてたまらない。

「あやちゃん、今頃新くんとなに話してるんだろ」

「……さあ。でも、うちらじゃ簡単に踏み込めないことだよ、多分」

「わかってるよぉ。わかってるからモヤモヤするんじゃん……」

あたしたちがファストフード店に来る数分前。仁科くんの双子の弟、仁科新くんと数年ぶりに再会した。彼は絢莉に用があったようで、あたしたちには目もくれず、絢莉のことをまっすぐ見つめていた。

仁科くんがつけていた日記に絢莉の名前があった。あたしとユウナが聞いたのはそこまでで、というよりはそれ以上聞くのは絢莉に申し訳なくて、あたしたちはその場から撤退してここに来た、というわけである。

「あたしなんかじゃ力なれるわけないっていうか。こういう時、どちらかというとモモちゃんのほうが頼られがちじゃん」

「……べつにそんなことないと思う」

「そんなことあるよ。あたしがあやちゃんでも、あたしみたいな適当人間に相談しようなんて思わないもん」

「うーん……」

「いいなぁ。あたしもふたりの幼馴染になりたかった」

写真といえど、なにも考えずに絢莉に抱き着けるユウナのほうがあたしは羨ましい。あたしはいつだって絢莉との距離が近ければ近いほど鼓動が速くなるし、「あたしたちは女同士の友達だから」と無理やり脳に覚えさせることに必死だ。

触れたら、長年あたしだけが抱えている気持ちが簡単にあふれてしまいそうだから。

幼馴染でいたとて、好きになってもらえないなら意味がない。

なんてそんなこと言えるはずもなく、しなびたポテトと一緒にあたしは本音を呑《の》み込んだ。

「最近どう？」

「あーもうね、全然最悪」

「全然最悪なんだ。おもろ」

「あたし今月の恋愛運、星五個だったはずなのに全く当たってないし。なにが『好きな人と急接近するでしょう♡』だよ。神も仏もいないんだわ。つか神とかどんだけ偉い人なわけ？　人の人生勝手に決めんなぼけ、あほ、ばかやろう。末代まで呪ってやる」

「神に末代とかねーから。近年稀に見る荒れ具合じゃん、おもろ」

「なんもおもろくねーよはげ」

「は？　眼科行けよお前。どこ見てもふさふさだろうが」

「うるさい黙れ」

隣を歩く男に向かってチッと舌打ちをすると、軽く笑われる。ぼけとかあほとか黙れとか。そんな野蛮な言葉、絢莉やユウナの前じゃ絶対言わないのに、この男と話しているとつい口走ってしまう。

悔しいことに、この時間があたしはいちばん素でいられるから、なのだと思う。

「つーか」と男が口を開く。彼の名前はシロ。本名は知らない。

「神様呪うくらいなら、いい加減好きって言えば？」

まるで他人事のようにそう言ったシロに睨みを利かせる。なんでこんな自分本位なやつと仲良くなったんだろう、なんて考えたところで答えはすでにわかりきっている。

仲良くなったのは、あたしとシロが〝同じ〟だからだ。

「シロみたいに、皆が皆オープンになれるわけじゃないんです」

「まあ、生きづらい世の中だなとは思うけどさ」

「あたしにとっては普通のふりして友達のまま生きてくほうが楽なの。下手に好きとか言ってさぁ、拒絶されたら生きてけないじゃん。そんなん、死んだほうがマシだよ」

「そりゃ重い愛だな」

あたしにとっては現状維持が最善。少しも変化は欲しくない。

「あたしは、絢莉が幸せならそれでいいんだ」

シロはそれ以上なにも言わなかった。少しの沈黙が続いた後、「昼飯なに食う？」といつものトーンで言われたので、「シロの奢《おご》りならなんでもいいよ」といつものトーンで答えた。

絢莉に——同性の幼馴染に対して、友情以上の感情が芽生え始めたのはいつのことだったのだろう。

今はもう思い出せないくらい昔のことだが、同時に自分が〝いじょう〟であると気づいたのもその頃のことであった。

自分が抱いている感情が恋だと気づいたところで、あたしと絢莉の気持ちが同じ温度で交わることは決してない。

大丈夫だ、あたしはちゃんとわかっている。そばにいるだけでいい。同性の友達として彼女の隣にいるという選択肢しか、あたしにはなかった。

ボーイズラブもガールズラブも、流行ってきているけれど、理解が進んでいるわけじゃない。コンテンツとして楽しむのと、当事者になるのとじゃ訳が違うのだ。

実際あたしは、SNSで『同性愛はファンタジーとして楽しむくらいがちょうどいい』とかいうふざけた呟きを見かけたことがあるし、クラスメイトが『BLと百合は苦手』と言っているのも聞いたことがある。本当、世の中都合が良すぎて反吐が出る。

シロとは、SNSアカウントを通じて知り合った。今時そんなに珍しい話じゃない。

高校一年生の時、興味本位でつくったアカウント。女の子を好きになるあたしと、男の子を好きになるシロは、リプライやDMを通じて話しているうちに、年が近くて、たまたま住んでいる県が同じであることを知り、流れのままに会うことになった。

顔も本名も知らない人に会うことに対して最初は抵抗もあったけれど、それよりも、自分と同じ立場にいる人が存在することをこの目で確かめてみたかった。

音楽の趣味が同じで、嫌いな食べ物も同じだった。共通点が多ければ多いほど、人は仲良くなっていく。互いに〝ふつう〟じゃないあたしたちは、そうして友達になった。

月に数回会う関係。シロとモモでいる時間は、思いのほか居心地がよかった。

今日は、「見たい映画があるけどあんま有名じゃないやつだから誘うやついない」というシロに誘われて映画を見に行くことになっていた。あたしは全然興味がなかったけれど、シロにはいつも話を聞いてもらっているので、付き合うことにした。

それで、今。映画を見終えたあたしたちは、肩を並べて歩いていた。ずるずると鼻水を啜るシロにティッシュを差し出しながらあたしは「ねえ」と話しかける。

「好きな子が中学時代気にかけてた男が行方不明で自殺したかもしんないんだけど、それ知ってから好きな子は最近ちょっと前と違くて、なんかあたしのいるところから遠のいていく気がするの。あたしを置いてどんどん前に進んでいく感じ。なんでなんだろう」

「いやまず映画の感想言わせろよ。こんなに泣いてる男が隣にいんのに堂々と無視すんな」

「あ、ごめん」

「つかなんだよその水平思考クイズ。むずすぎんだろもっと簡単なやつにしろよ」

「ごめんて。映画見てたらなんか思い出しちゃって」

地元の小さい映画館でしか上映されないような規模のそれは、自殺願望のある男と余命数年の女が死ぬ前にふたりで最期の旅に出る、という内容の映画だった。本当の自分を解放して、しがらみを壊していく。物語は確かに面白かったし、感動した。小規模な映画館じゃなくて、もっと大きな場所で上映してほしいと思えるくらいだ。

けれどそれらを差し置いて、ヒロイン役の女優の雰囲気がなんとなく絢莉に似ている気がして、おまけに自殺願望がある男がヒーローなものだから、ご丁寧に仁科くんのことまで思い出してしまったというわけだ。

「思い出したってなに。そのニュースを?」

「や、ニュースってよりはあたしの好きな子がその男を気にかけてたっていうあたしの失恋エピのほう」

「しっかり切ないやつじゃやねえかよ」

「泣いていいよ」

行方不明になった同級生はなんでもそつなくこなす完璧人間で、誰にでも平等にやさしくて、顔も整っているような人だった。

あたしは彼に関する客観的情報以外はあまり知らなかったけれど、絢莉が好意を寄せていることだけはなんとなく知っていた。

好きだから、見ていればわかるものだ。視線の先で、好きな人はいつも、あたしじゃない人を追いかけていた。

「……まあ、大したことない話だけど」

「でもモモにとっては大したことだったんだろ。過去の話くらい、もっと自分本位で話せば?」

『でも、永田さんにとっては大したことだったでしょ?』

シロの言葉に重なったそれ。いつ忘れたのかも覚えていない記憶のくせに、仁科翼ってそういえばこんな喋り方する人だったなあと、声色まで悔しいほど鮮明に脳内で再生された。

「仁科くんって悩みとかあるのかな」

あれはたしか、体育の合同授業があった日のことだ。その日はユウナが体調を崩して休んでいて、あたしと絢莉はふたりで体育館の隅で体育座りをしながら男子のバスケの試合を眺めていた。

仁科くんの華麗なスリーポイントに周りからは黄色い歓声が湧き上がったり、Tシャツの裾で汗を拭く姿すらさまになっていたり。こんな体育の授業ですら、仁科くんにはいつだって光が集まっていて、あたしのような人間にとってはとても眩しく、時々鬱陶しいものでもあった。

仁科くんって悩みとかあるのかな。絢莉がふとこぼした疑問に、あたしは野暮なことに「え?」と聞き返してしまった。彼女の口から仁科くんの名前が出ることなんてこれまで一度だってなかったから、脳が追い付いていなかった。

絢莉の瞳はまっすぐ仁科くんを見つめている。絢莉の雰囲気がいつもと少し違うように思えたのは勘違いではなかったと、今なら自信を持って言えるだろう。

「……なんで急に仁科くんの話?」

「や、……深い意味はないんだけどさ。ただなんとなく、うん」

絢莉が鼻の先を小さく掻いて言う。なんとなく、なんて嘘だ。絢莉はよくも悪くも人に興味を持たないから、特定の人間のことを話題に出すことはほとんどない。

「……うーん。まあ、悩みとかはなさそうに見えるけど。人生ガチャ成功してるでしょ、あの人」

「だよねぇ……」

絢莉の嘘には気づいていないふりをして、あたしが感じている仁科くんの印象を伝えると、絢莉は耽《ふけ》るように息を吐いた。どういうため息だったのか、意味までは理解できなかった。

仁科くんとなにか接点があったのだろうか？　彼の悩みが気になるほど会話を交わしたのだろうか。彼が持つ、絢莉が気になってしまうほどの特徴ってなんだろう。

長年一緒にいて初めて知る絢莉の雰囲気に、あたしは何故か少しの焦燥に駆られていた。

「もしかして絢莉って、仁科くんみたいな人がタイプ？」

「え。や、全然」

「そう？　好きになっちゃったのかと思った」

あたしたちは同じ性別だから、こんなふうに突然恋愛の話題を振っても気持ちを疑われる可能性はない。こうして普通のふりをして、他人事のように扱うのがいちばん効率が良いのだ。多少の地雷は、慣れがどうにかしてくれる。

「……いやいや。そんなわけないじゃん。話したこともないし」

「ホントに？」

「はあもう、そう言われたら突然仁科くんの笑顔嘘くさく見えてきたんだけど」

「王子スマイルですからあれは。ほら絢莉、仁科くんシュート決めた」

「えーかっこいいー好きになっちゃうー」

「棒読みで草」

ふざけて笑い合っていたところでピーッと笛を鳴らされ、「そこ、ふざけなーい」と先生からゆるい注意を受ける。周りの視線が集まって、あたしたちは恥ずかしさから逃げるように「スミマセン」と絶対聞こえていない声量で謝った。絢莉がくすくすと肩を揺らして笑っている。

「百々子《ももこ》のせいで怒られた」

「仁科くんファンの声援のほうがうるさいですって言えばよかったね」

「やば。喧嘩じゃん」

「あたしらのことも応援してほしいんですけどって」

「わははっ、なんですぎる流石に。その応援要らないでしょ」

話題はいつの間にか逸れて、そうしているうちに体育の授業は終わった。

感じていた焦燥感は姿を消していて、その日どうして突然彼女の口から仁科くんの名前が出たのかはわからないまま時間は過ぎていった。それ以降、全国ニュースで見かけるまであたしたちの間で仁科くんの話題が出ることは一度もなかった。

たった一回、絢莉が仁科くんの名前をこぼしたあの瞬間、隣にいたのがあたしで良かったと、そんな小さな優越感はいつまでも残って消えないままだ。

たったそれだけの出来事が、あたしにとってはもうずっと宝物みたいに大切で、忘れることができない。


「いい話じゃん。青春の一ページって感じ」

「どこがだよ。あたしの生涯独身決まっただけの話じゃん」

笑ってそう言ったシロに本日二度目の舌打ちをかます。

こんな思い出、持っていたところでなんの利益にもならない。まともなふりをして普通に歩幅を合わせていかないと、多数派が正義とされる世界には溶け込めないから。

「で？　そのニュースと、モモの好きな子が遠のいていくのってなんで関係してるってわかんの？」

「わかんない。……でも、なんかわかるっていうか」

「はあ？」

意味がわからないと言いたげな表情でシロが聞き返す。

真相はわからない。思い込みかもしれない。それでも、仁科くんのニュースを聞いてからというもの、絢莉は少し変なのだ。

彼女は嘘がとても下手だ。新くんが絢莉を訪ねてきたことも含め、やはり仁科くんと絢莉の間にはなにかがあったのだと思う。

けれどそれは、彼が消えたというニュースのように共有されることはなくて、毎日少しずつ雰囲気が変わっていく彼女を、私はなにも言わず見つめることしかできない。

前に進んでいるように感じるのはどうか気のせいであってほしい。私を置いていかないで。そんな情けない思いだけが、あたしにまとわりついている。

「……絢莉は仁科くんのことが好きだったんだと思うの」

「根拠は？」

「仁科くんの日記に絢莉の名前があったっていうし、弟が直接訪ねてくるくらいだもん、深い関わりがあったんだよ」

「じゃあそれは仁科ってやつからその子に向けた気持ちなんじゃね？」

「それもあるかもだけど、それだけじゃなかった。見てたらなんとなくわかる」

「会話しないとわかんないこともあるだろ……」

「違うんだよ、シロ」

「違うってなにが」

「女だから、わかるの。男女でわかり合えないことも同じ性別だから共感できる。恋って感情、いちばんわかりやすいよ」

ずっと見ていた。好きだった。彼女と、同じ温度で恋をしたかった。

けれどそう思う以前に、あたしたちは女の子同士で、幼馴染みで、友達だ。

「生理痛がどんだけしんどいかわかる？　すっぴんも化粧もそう変わんないって言われるのがどんだけむかつくか知ってる？　男が鈍感って、ホントそうだと思う。性別違ったら女心がわかんなくてもしょうがないんだろうけど」

「あー……」

「詳しいことはなんもわかんないけどさ。絢莉が仁科くんのニュースをきっかけに少しずつ前向きになっているのだけは感じるの……すごい寂しいよ」

好きな人と同じ性別に生まれたことを後悔してるわけじゃない。

好きな人の、友達の、力になれなかったことが寂しくて悔しいのだ。

「あたしのほうがずっと絢莉と一緒にいたのに。変わろうとしてる瞬間、隣にいるのがあたしじゃないって悲しいじゃん。しかも生きてるか死んでるかもわかんない人じゃ、踏み込むこともできない」

「うん」

「でもさぁ、わかるんだよね。仁科くんのこと気になっちゃう絢莉の気持ちも」

一度だけ、仁科くんとふたりで話をしたことがある。

中学三年生、卒業式が迫る冬の日のことだった。


「待つの飽きたら先行ってて」

「ううん。待ってるよ」

「あんた良い女すぎ」

「あーうんうん、よく言われる。百々子に」

「ちなみにあたし本気で言ってるけどね?」

その日、あたしたちはユウナの付き添いでバンドのライブに行く予定があった。あたしは委員会の集まりで急遽《きゅうきょ》呼ばれてしまったので、物販に並びたいというユウナを優先し、「遅れていく」と伝えたところ、絢莉が「あたし待ってる」と言い出した。

絢莉は、自分がされて嫌なことを人には絶対にしない。だからきっと、絢莉があたしの立場になった時に置いて行かれるのが嫌だからそう提案してくれたんだろうなということはなんとなく察した。

絢莉のやさしさは、絢莉のためのもの。彼女に限ったことじゃない。自分がされて嬉しいことを他人にするのは一種の見返りだから。

わかった上で、あたしは彼女のやさしさに触れるのが好きだった。

委員会を終えて教室に戻ると、絢莉は机に突っ伏して眠っていた。彼女は授業中もよく寝る人だから、待っている間に襲いかかってきた睡魔に勝てなかったのだろう。

静かな教室に、絢莉の寝息とあたしの心臓の音が響いている。愛おしさがこみあげて、泣きそうになった。

好きだ、一緒にいたい、もっと近くで触れ合いたい。

すやすやと眠る彼女の髪に手を伸ばし、触れる。

——そのタイミングでのことだった。

「……あ」

教室のドアが開き、あたしはハッとしたように腕をひっこめる。視線を向けるとそこには仁科くんがいて、彼は気まずそうに目を逸らすわけでも、揶揄《からか》うわけでもなく、表情を変えずに「邪魔してごめんね」とだけ言った。

邪魔してごめんね。その言葉に、あたしの全部が露呈したような気がした。

絢莉に触れようとしているところを見られてしまった。友達になにしてんの。同性なのに気持ち悪い。表情に出していないだけで、そう思われてたのかもしれない。

違うって言わなきゃ。髪にゴミがついていたとか、言い訳なんて簡単に思いつくのに、喉の奥でつっかえて、否定の言葉はひとつも出てこなかった。

仁科くんは自分の席に向かうと、机の中から忘れたのであろう本を取り出し、「じゃ、また明日ね」と何事もなかったかのようにそう言った。

「ま、待って、仁科くん」

仁科くんはきっと、言いふらすような人じゃない。そんな子供じみたことはしない人だということくらいわかっているのに、どうしても不安は消えてくれなくて、あたしは彼を呼び止めた。掠《かす》れた、弱々しい声だった。

「……あたしだけだから」

「あたしだけ？」

「おかしいの、あたしだけだから。絢莉は普通なの。だから……、だから」

絶対に誰かに言わないでほしい。あたしと絢莉をひとつに括らないでほしい。

普通じゃないのはあたしだけだ。同性の友達に恋してしまうのはおかしなことで、気持ち悪いことで、それで。

「それ、『他の人と違うあたしは可哀想です』っていうマウント？」

上手に言葉に起こせずにいたあたしに被せるように仁科くんが言う。

「……は？」

「本当はそんな自分に甘えてるだけじゃない？　普通とか普通じゃないとか、そうやって線引きするのってさ、結局誰が得するんだろって俺は思うけど」

彼はあたしを気持ち悪いとは言わなかった。けれど、甘えていると言った。

「あんまり自惚《うぬぼ》れないほうがいいんじゃない？　いちばん自分を可哀想にしてるのは自分自身だったりするだろうし。知らないけど」

「……なにそれ、急に説教？」

「や、べつに。知らないけどって言ったじゃん、俺に関係ないことだし。でもまあ、自分だけがおかしいとか自惚れすぎかなってては思ったけど」

意味がわからなかった、というより、その瞬間のあたしは怒りが勝っていて、仁科くんの言葉をわかりたくもなかったのだと思う。「うざい」と言うと、「可哀想ぶってる永田さんもうざいよ」と言われる。こんな小競り合いしたってなんの意味もないのに、どうにも腹が立って舌打ちがこぼれる。

「これ、永田さんにあげるよ」

唐突に、仁科くんは先程机の中から取り出した本をあたしに差し出した。意味がわからず「はあ?」と眉を顰《ひそ》めると、「中古嫌な人?」と聞かれた。中古か新品かなんてどうでもよかった。重要なのはそこじゃない。今の流れで突然本をすすめてきた仁科くんの心理が気になって仕方ない。

「いや、ほら。秘密を共有してもらったからさ。なにかひとつ俺も共有しないと対等にならないなって」

「秘密っていうか一方的に知られただけだし。……ていうかべつに大したことじゃないじゃん、仁科くんにとっては」

「俺にとってはね。でも永田さんにとっては大したことだったでしょ?」

仁科くんにとっては大したことじゃなかった。けれど、あたしにとっては大したことだった。あたりまえのように言われたそれに、どうしてか泣きそうになった。

「この本、誰にもおすすめしたことないんだけど、俺は結構気に入ってるんだよね。気が向いたら読んでみて」

「……仁科くん、イメージしてた人と違うんだけど」

「そう？　永田さんもじゃない？」

「はあ？　どこが。てかどんなイメージ持ってたわけ？」

「なんか思ってたよりめんどくさそうっていうか。もっとさばさばしてるのかと思ってたから」

「……さっきからなんなの？　悪口ばっかりじゃん」

「そのまま返すよ」

「うっざぁ……」

「本の感想、いつか教えてね」

仁科くんは不思議な人だった。そして、彼の発言ひとつひとつが鼻に付いた。けれど、クラスで全員に笑いかけている彼よりずっと身近に感じたのも確かだった。

「んー……」

仁科くんが帰ってから数分後、絢莉が目を覚ました。ごしごしと目を擦る仕草がかわいらしかった。

「……絢莉、おはよ」

「……どした？　顔怖いよ」

「や、べつに。ちょっとむかついただけ」

「むかついた？」

「そーそ。絢莉がぐっすり寝てるから」

「えぇえごめん……」

「ふは、冗談。はやく帰ろ」

困った顔をする絢莉に笑いかけて、あたしは鞄を持った。仁科くんに言われた、「思ったよりめんどくさそう」というところは、悔しいけどちょっとだけ自覚があった。


仁科くんに成り行きでもらった本は数日で読み終えた。しかしながら、なにがどう面白いのかわからず、無駄な時間を割いてしまったとすら思った。

仁科くんはこれのなにを面白いと感じたのだろうか？　素直に面白くないと言えたらよかったのに、「これが面白くないなんてまだまだだね」とバカにされそうな気がして、言えなかった。人気者である彼の感性に追いつけないことが、ただ悔しかった。

結局感想は言えないまま卒業式を迎え、彼とはそれっきり会わなくなった。

「その本全然面白くないっておもろすぎるだろ。俺この話大好き」

「胸糞《むなくそ》悪いだけだよこっちは。大して仲良くない人に説教されて、かと思ったら意味わかんない本もらってさぁ。なんだったのホント。今思い返しても意味わかんないもん」

「だはっ、ごめんけどまじでおもろい」

途中まで時々相槌を打ちながら聞いてくれていたくせに、最後の最後でお腹を抱えて笑うシロ。あんまりげらげら笑うから、つられてあたしも笑ってしまった。

一通り笑った後、「でもまあ」とシロが再び口を開く。

「わからんでもないんだよな、その人の言ってること」

「は？　なにが？」

「自分だけがおかしいなんて自惚れすぎだってこと」

「はあ？」

シロが同意するとは思わなかった。睨む勢いで視線を向ければ、「すぐ怒んなよ」と笑われる。あたしが本当は口が悪くて短気であることを、この男は知っている。

「つまりさ、逆も然りってことじゃん。モモにとっては大したことないことがそいつにとっては大したことだったのかもしれんし」

「例えば？」

「いやそんなん知らんわ。本人に聞けよ」

「ヴー……」

「言い返せなくなったからって唸《うな》んなよ。近所の犬かお前」

シロはいつも適当なことばかり言う。あたしにとっては大したことなくて、彼にとって大したことあることがなにか、なんて知ったこっちゃない。

仁科くんがいなくなったせいで絢莉にも踏み込めなくて困っているという話をしたばかりなのに、本人に聞けなんてひどい話だ。

「生きてればいいな。その、仁科って人」

それなのに、他人事のようにシロが言ったそれがちょうど良いのは何故だろう。

「俺はたかがネットで知り合った人間だし、女の子の痛みもしんどさもわかんないけど。でもさ、俺とモモでしか共有できないこともあるわけだろ」

「……そうだけどさぁ」

「モモが好きな子に言えない気持ちは俺がちゃんと聞いてるし、俺がわかんない女の子の話は好きな子がわかってくれる。きっと他の人もそうやってさ、バランスとって生きてんだろうな。知らんけど」

あたしが、女の子じゃなかったら。絢莉を好きだと自覚してから、何度そう思ったかわからない。同じ性別じゃなかったら、あたしはとっくに彼女に気持ちを伝えることができていたし、恋人という関係性でそばにいる可能性だってきっとあった。理由がなくても手を繋いで、同じ温もりを共有できたかもしれない。

だけど、あたしが普通の女の子だったら。そうしたら多分、今とは違う悩みを抱えて生きていた。あたしと絢莉とユウナが一緒の高校に行く可能性だってなかったかもしれない。

——それに。

「前向きに変わっていってるって思うなら、追いかけてその変化に気付いてあげればいいんだよ。そのほうがモモの生き方に合ってんじゃねーの？って思う。俺は我慢できなくて好きって言っちゃうけど、モモはそうじゃないから。つか神様呪う前に相談くらいしろよ。俺が寂しいじゃん、友達なのにさぁ」

〝ふつう〟だったら、シロとあたしはきっと出会っていなかった。

「ふは。寂しいとかあたしに感じてどうすんの」

「頼ってもらえないってな、意外とメンブレする」

「へー」

「興味ある？　てかちゃんと聞いてる？」

「聞いてる聞いてる」

「じゃあ俺が今言ったこと言ってみてよ」

「だっつっつる。キモ、ばか、ろくでなし」

「言いすぎだろうが」

仁科くんが生きているか死んでいるか、あたしは知らない。生死を願うほどの関係性でもない。

だけどもし生きていて、もしいつか、彼とまた会うことがあったら。

借りた本、あたしにとっては全然面白くなかったって言ってやるんだ。


「百々子、偶然だね」

その日、どんな偶然か、シロと別れたタイミングで絢莉に会った。

「……彼氏いたんだっけ、百々子って」

帰っていくシロの背中を見つめながら、絢莉が不思議そうに声を落とす。

「やだ、友達だよ」

「なんだぁ、そっか。や、なんか、邪魔しちゃ悪いかなあって思って一緒にいる時に声掛けられなかった」

邪魔なんて思うはずがない。だって、絢莉と話す時間はあたしにとっての生きがいなんだ。

あたしがそんなことを思っているなんて、絢莉は一ミリも疑わないんだろうけど。

「百々子に彼氏いたら、ちょっと寂しいね」

「なーにそれ」

「だってちっちゃい頃からずっと一緒にいるんだよ？　実家出てひとり暮らし始めるくらいの感覚じゃん」

「いや絶対そっちのが寂しいわ、あたしママ大好きだもん」

「そうかもしんないけどさー……」

だけどもういい。あたしが絢莉をどんなふうに好きかとか、どのくらい好きとか、そんなのどうでもいいのだ。

「大丈夫よ。あたし、あんたが思ってる以上に絢莉のこと好きだから」

「やだイケメン！」

あたしが絢莉のこと好きだって、あんたにちゃんと伝わってれば、それでいい。

四．記憶は花に散りばめて（side：関陽介《せきようすけ》）

「あ、関《せき》くんちょっと」

前までなら二十時には帰れたのに、もう二十二時すぎ。吐きそうなくらい疲れた。なのに、だ。タイムカードを切ってすぐに着替えを終え、早々に店を出ようとした俺を店長が呼び止めた。用事があるならタイムカード切る前に言えよ、なんて思いながら、「なんすか」と雑に返事をして振り返る。

店長は話が長いから、今から十分、俺はタダ働きをすることになるのだろう。最悪だ。

「今日みたいに混んでる日は関くんがもっと指示出してくれないと。鈴木《すずき》さんはまだレジ危ういでしょ？　そこらへんもっと周り見てフォローしてあげてほしいんだよねぇ」

「はあ、でも鈴木さんってもう入って二か月くらい経ちません？　レジいい加減覚えてもらわないとじゃないですか？」

「今時強く言って辞められてもこっちに非が出るからさぁ……。それは避けたいっていうかさ、ね。わかるでしょ？」

わかるでしょ？　ってなんだ。それがあたりまえみたいに苦笑いを浮かべて言う店長に睨みを利かせるも「まあまあ、気持ちはもちろんわかるよ」と言われるだけで効果なし。心のこもってない謝罪をされ、苛立ちが募った。

自宅から徒歩圏内にあるファミレスをバイト先に選んだのは、単純に家から近いからである。この店の料理でなにが好きとか、飲食店で働いてみたかったとか、そういう動機は一切なくて、高校生を雇ってくれて、家から近くて、時給がそこそこ良ければどこでも良かったのだ。それがたまたまこの店だったというだけで。

働き始めたのは高校二年生の時なので、早一年が経つ。仕事がつらいのか店長がむかつくのかパートのババアがうるさいのか、原因は詳しく知らないけれど、この店のアルバイトはすぐに辞める傾向があった。

半年いたら上等。つまり一年いる俺は、結構やる男ってわけだ。

二か月前に新しく入って来た鈴木さん。年は俺の一つ下で、よく言えば大人しくてやさしそう、悪く言えばちょっととろくて使えなそうな女子高生。入って一か月もすればだいたい覚えられることをまだ覚えていないので、正直一緒に仕事をするのは少し億劫《おっくう》だった。

辞められたら困るからってなんだよ。俺が入りたての頃は、お辞儀の角度がどうとか、接客の愛想が悪いとか、そもそも目つきが悪いだとか、そんな細かいところまでパートのババアに注意されていた。

あれもこれも文句ばかり言われるものだから、辞めてやろうかと何度も思ったけれど、それでも辞めなかったのは俺の根が真面目だからなのか？

今となっては過去のことに過ぎないが、とは言え女の子だから無条件でやさしくされるってそんなんずるくねえ？とか思ってしまうわけで、俺は店長に見せつけるようにため息を吐いた。

元はと言えば鈴木さんが問題視されていることなのに、なんで俺が個別に注意されなきゃいけないんだよ。

自分で言えないからってバイトの俺に頼む店長も、こういう時こそ出番なはずなのに、ぎっくり腰になったとかで休養しているパートのババアも、仕事ができない鈴木さんも、全部むかついて仕方ない。

給料が発生しない十分で話される内容がこれだと、やっぱり世の中理不尽でできてるんだよなぁ、と嫌でもわからされてしまうのだ。

「ああ、あと新しい子もひとり採ったんだよね。関くんに指導お願いしようと思ってるから、よろしく」

「えー……はあ、わかりました」

「じゃ、お疲れ様」

なんで今更俺なんだ。

俺は、できるだけ責任なんて負わずに、ラクに、適当に、そこそこ生きていたかったのに。

「仁科くんいなくなっちゃったから。頼れるの関くんしかいないんだよ」

ああもう。どれもこれもあいつが——仁科翼が、突然辞めたせいだ。


「仁科くん休みになっちゃったんだよね」

「はい?」

「だからごめん関くん、今日出れないかなぁ」

あいつが死んだ「らしい」というニュースが放送される前日のことだ。

その日は楽しみにしていたゲームソフトの新作発売日で、俺は意図的にバイトを入れていなかった。学校終わったら速攻家に帰ってゲームをしようと決めてこの数週間を生きぬいてきたのだ。そのこともあって、帰り道聴いていた音楽を遮ってかかってきたその電話に、俺は絶望した。

出なきゃよかった。そう思った時にはもう遅い。

「はあ、わかりました」

適当な理由で断る術を持っていない俺の口から出たのは、それだった。

「ありがとう助かるよ。十八時からお願いしてもいいかな」

「はあ、わかりました」

はあ、わかりました。店長からのお願いごとにそれ以外の返事をしたことがないような気がする。やる気はないが最低限の仕事ができて、サボらないし融通が利く。そんな俺は、バイト先にとってかなり都合が良いのだと思う。

ゲームを諦め、当欠した仁科の代わりにしぶしぶ出勤したその夜、仁科から店長に「辞めます」と連絡があったらしい。そして翌日——彼がいなくなったという全国ニュースが放映される、という綺麗すぎる流れだった。

死んでるのか生きてるのかもわからない、その仁科翼という男はバイト先の先輩であり、それ以前に、中学の同級生でもあった。

友達と呼べるほど親しくなかった。むしろ俺は、誰にでも平等にやさしくて、きっといろんなことに恵まれてきたであろう仁科のことが苦手で——いや、嫌いだった。

中学時代、仁科と俺は一度も同じクラスになったことがなかったが、関わったこともないくせに俺は仁科のことがとても苦手だった。やつがまとう、無駄にキラキラして爽やかな雰囲気が鬱陶しかった。周りにはいつも人が集まっていて、勉強も運動もできる人気者。

廊下ですれ違う時は、仁科と目を合わせないように意図的に視線を外していた。くだらない承認欲求で生きる俺を「関ってつまんない生き方してるんだね」と嘲笑されているような気がして、怖かった。

中学一年生の時、五つ上の兄が引きこもりになった。兄とはもともと仲が良くなかったので、彼が家に籠るようになった理由を俺は詳しく知らない。

真面目なわりに、要領が悪い人だったから、きっとそういうところに引き金があったのだと思うが、背景を想像できるようになったのは高校生になってからだ。俺は兄のことが嫌いになっていた。高卒で仕事に就いて半年もしないうちに辞めて実家に引きこもるってなんなんだ。お前がしっかりしないとだめだろ。真面目なとこしか取り柄がないくせに。

決してそんな偉そうなこと言える立場じゃないのに、兄を見ているとどうにも不安で焦りが募り、怒りが湧き上がるのだった。

二年生になった頃には、父親が家を出て行った。理由はゴミみたいなことだったので今更思い出したくもないが、父親がいなくなってから母は仕事に追われるようになり、家にあまり帰らなくなった。

いつしかひとりの時間があたりまえになった。冷めたご飯は味がしなかったし、家にいるはずなのに気配がしない兄は不気味で気持ち悪かった。

いつからか、「ただいま」と言うのをやめた。返事がないのに帰宅したことを伝えても虚しいだけと気づいたからだ。

引きこもりの兄にも、帰ってこない母にもむかついて、毎日がつまらなく、鬱陶しかった。

ある日、思い立ってお小遣いでピアッサーを買い、ビビりながら俺はひとりでピアスを開けた。何故そんなことをしたのかというと、単純にかっこいいと思ったから

——なんていうのは建前に過ぎなくて、実際のところは、なんでもいいから俺のことをちゃんと見ていてほしかったのだと思う。

ピアッサーの大きな音がリビングに響いても、兄は部屋から出てこなかった。

翌日、学校では当然のごとく先生にはこっぴどく叱《しか》られ、反省文を三枚書かされた。母には電話がいったらしく、「犯罪だけはしないでね」とだけ言われた。関心に値しないたったそれだけの言葉にすら、俺は嬉しさを感じていた。

先生にはそれ以降目をつけられたが、家族よりも俺を見てくれている気がして、俺は安心感を覚えるようになった。

それからの俺はというと、授業をサボって当時仲良くしていた友達と制服のままゲーセンに行ったり、夜中に学校に忍び込んで肝試しをして、警察に補導されたこともあった。

周りと違うことをすると人の視線が集まって、俺を認識してくれることを知った。迷惑をかければかけるだけ、生きてることを実感できる。そんな承認欲求で生きる俺はとにかく未熟でダサかったけれど、そんな自分でいる以外に、孤独を埋める方法が見つからなかった。

勢いで開けたピアスホールは、面倒くさがってケアをちゃんとしないせいで菌が入って何度も膿《う》んだけれど、市販の薬を塗って、雑に絆創膏《ばんそうこう》で覆ってやり過ごしているうちに、いつのまにか安定した。

そうやって、時間とともに俺は世界にも俺自身にも馴染んでいく。

三年生になっても、俺は変わらなかった。関わったことのない人間を毛嫌いして過ごす日々もだんだんあたりまえとなり、そうしているうちに卒業式を迎えた。

「いつの間にか」とか「だんだん」とか「気づいたら」とか、そういう言葉に隠れて、俺は自分から逃げている。「いつの間にか」、そういう生き方しかできなくなっていた。

そんな日々の中で、俺はあいつに再会した。

「関くんの指導は仁科くんにお願いしてるから。わからないことあったら彼に聞くようにしてね」

「え」

「そういえばふたり同じ中学校なんだって？　それなら関くんも安心だね、よかったよかった」

人生なにがあるかわからない——なんていうのは、俺の人生においては素晴らしく要らない展開だったと思う。

「俺のこと知ってる？」

「……仁科翼だろ？」

「ああ、うんそう。で、そっちは関陽介《ようすけ》」

「知ってんだ」

「知ってるでしょ。学年でも飛びぬけて荒れてたじゃん」

高校二年生。家から近いファミレスのバイトの面接に行き、即日採用された。

初出勤の日、俺は、中学時代一方的に避け続けてきた男と再会を果たした、というわけである。

「関、中学の時より落ち着いたよね」

仁科にそう言われた時、俺は咄嗟《とっさ》に耳元を隠した。仁科の瞳に、今の俺がどう映っているのかわからなかったが、欲求だらけの黒歴史を掘り起こされるのは単純に恥ずかしかった。

「お前に関係ねえだろ。知ったように言ってんなよ、うぜえから」

「ごめん、思ったこと言っただけだったんだけど」

「それがうざいって言ってんだろ死ね」

「ハハ。死ねは言いすぎかもね、関」

やけくそで開けたガタガタのピアスホールが、情けない俺を物語っている。

もっと言えば、「変わったね」ではなく「落ち着いたよね」だったことが、俺にとってはどこか後味が悪かった。俺の暴言を笑って流すその態度すら、むかついて仕方がなかった。

仁科はとても仕事ができるやつだった。とにかく効率が良く、店長をはじめ他の従業員も、なにか問題が起きても仁科に頼れば大丈夫という安心感を持っているような気がした。学生というだけで下に見てくる口うるさいパートのババアも、唯一仁科にだけはやさしく、甘かった。

一方の俺はというと、もともとの目つきが良くないことと愛想がないことが相まって、俺宛てにクレームが来て店長からやんわり注意を受けたり、混雑した時に仕事の優先順位がわからなくなってパートのババアにねちねち文句を言われたりを繰り返していた。

できないわけじゃないけれど、仁科のように頼られるほどできるわけでもない。

それでも、仁科は俺がひとりでちゃんとできるようになるまで同じことを何度も教えてくれたし、失敗した時はたくさんフォローしてくれた。

人当たりの良い爽やか好青年という仁科へのイメージは、中学の時から変わらない。

仕事も顔も申し分がなく、そんな完璧人間と同じ空間で仕事をするのは、助かる反面、劣等感を掻き立てるのだった。

仁科が消えてから二週間が経った。たった二週間、されど二週間。情報番組で扱うニュースは日々入れ替わっていき、仁科の名前を聞くこともなくなっていた。

覚えが悪かった鈴木さんはバイトを辞めた。そして、彼女と入れ替わるように新しく入ってきたのは、白石《しらいし》くんという、物腰が柔らかくて爽やかな男の子だった。

出勤はまだ数える程度だが、覚えが早いので、周りからの評価が高かった。「指導した関くんも悪いでしょ」とかなんとか裏で言われたらやだなと思っていたので、白石くんがちゃんとできる人で、俺は正直ホッとしていた。

「白石くん、関くんにちゃんと教えてもらえてる?」

出勤してすぐのことだ。「関くん名札忘れてるよ」と店長に言われ、慌てて休憩室に名札を取りに戻ると、ドアを開けようとしたタイミングでそんな声が聞こえ、俺は咄嗟に動きを止めた。

「はい」

「本当はね、仁科くんっていうすごい仕事できる子がいたのよ。新しい子の指導は全部彼がやってたんだけど、突然辞めちゃって」

「はあ、そうなんすか」

「関くんじゃちょっと不安っていうかねぇ……ほらあの子、うちの娘と同じ中学校だったんだけど、昔かなりヤンチャしてたっていう話でね」

ババアの退勤と白石くんの出勤が被ったせいか、ババアのマシンガントークに曖昧に相槌を打っている。噂話ならもっと小さい声でやれよ、なんて思いながらも、自分がいないところで話題にされるのは良い気がしなかった。

バイト歴一年にしてようやく判明した。パートのババアが俺にだけやたら厳しくてねちっこいのは、俺の中学時代の素行を知っていたからみたいだ。

ババアの記憶の中で俺は、迷惑をかけることでしか自分を見てもらえなかったあの頃のままで止まっている。それってつまり、俺は変われていない、ということで。

「それに関くん、仁科くんに対しても結構態度悪くてね。嫉妬って怖いわよねぇ、今時恋愛だけに言えることじゃないのよ？　関くん、きっと本当は仁科くんみたいになりたかったんだと思うわ」

「はあ、そうなんすか」

「うんうん、きっとそうよ。でも可哀想よね、関くんと仁科くんじゃ全然違うのに。なんかねえ、なんていうのかしら。関くんってちょっと恩着せがましいところとかない？」

「はあ、どうすかねえ」

ああ、くそだ、本当。全部全部、仁科のせいだ。

お前がいなくなったせいでお前の仕事は全部俺に回ってきたし、店長の頼みは増えたし、お前と比べられて評価されるようになったし、自分の陰口まで聞く羽目になった。可哀想とか、ババアに勝手に決められるようなことじゃないのに。

「仁科くんが今もいてくれたらよかったんだけど」

「はあ」

「SNSとかでも流れてたりしない？　ほら、彼が自殺したかもってやつ。結局どうなったのかわからないんだけど、やっぱりまだ見つかってないってことは死んじゃったってことなのかしら」

ここにいない仁科にむかついたところでなんの解決にならないこともわかっているのに、苛立ちがおさまらない。

あーあ、ホント、嫌になる。長く続いても高校の卒業と同時に辞める予定だったわけだし、だったら今辞めても――……そうだ、今日辞めるか。

それから俺は、ドアを開けずにホールに戻り、店長には「名札家に忘れましたすいません」と雑な嘘で謝った。


「店ちょ……」

「あ、関さんすみません、今いいっすか」

閉店後の締め作業を終え、カウンター席に座って事務仕事をする店長に辞めることを伝えようとしたところで、白石くんに声を掛けられた。

「この枯れた花ってどうしたらいいですかね?」

「花?」

「え、はい。なんかすげー枯れてて見栄え悪いんでどうしたらいいかなって」

どこから持ってきたのか、彼は花瓶を見せてそう言った。枯れた花がみすぼらしくそこに差されている。見たことのある花瓶だった。

たしか、トイレ前の通路に置いてあったやつだ。けれど、俺の記憶にあるのは色鮮やかに咲いている花で、こんなふうに茶色くなったものじゃない。

この店でバイトを始めて一年。そこに花瓶が置いてあることは知っていたが、俺は一度も、この花に水を与えたことはない。

昼間のバイトやパートの人が水やりしていたのか？　いや、だとしたら枯れていることにもっと早く気づいていたはず。じゃあいったい誰が——。

「あ、それねー、世話してくれてたの仁科くんだ」

思い出したように店長が口を開く。「仁科ですか」と、反射的に声がこぼれてしまった。

「そう。まかせっきりにしてたからすっかり忘れてた。枯れたのはもうしょうがないから捨てようか」

「わかりました」

白石くんが小さい声で「ごめんね」と言いながら枯れた花を捨てた。店内が静かだったから聞こえたが、有線がついた営業中の店内だったら絶対聞こえなかったであろう声だった。

「これって、新しい花買う感じですか？　空いた花瓶は……」

「いやー、ね、そうだよねどうしよう。水やり忘れたらすぐ枯れちゃって可哀想だよねぇ」

仁科くんがいてくれたらよかったんだけど。なんの気なしに呟かれたその言葉に、ちくりと胸が痛んだ。突然辞めたのが俺だったとしたら、こんなふうに言われていないだろう。辞めてからもこんなふうに求められる仁科が、俺は羨ましくてしょうがない。

はあ、と小さくため息を吐くと、「関さん」と名前を呼ばれた。

「仁科さんって、ニュースになってた人っすよね」

「え？　あー……うん」

「ぼくその人と会ったことないんであれですけど、関さんに教わることに不便感じたことないっすよ」

思いがけない言葉だった。動揺のあまり、「え、なに急に……」とたどたどしい返事になってしまう。

「あ、すみません。さっき休憩室で話してた時、関さんが聞いてたの見えちゃって。ドア半開きだったんで」

白石くんの表情からは、なにを考えているのか読み取れなかった。

「今日パートの人も仁科さんのことめっちゃ褒めてたんですよね。でもぼくからしたら、今ここにいない人のこと話されても知らないから、比較のしようがないんですよ。てか全然、頼りになります関さんは」

「あ、ああ……そう」

「気にしてるのかと思って。あの、一応です。要らない情報だったら忘れてください」

後輩に気を遣わせるなんて情けない。そう思う俺とは裏腹に、白石くんは言葉を続ける。

「でも今言ったこと、まじですよ。関さんかっけーっすもん。あとなんか、人間らしくて安心します。ぼくも関さんに甘えていいんだって思えるっつーか。あ、ちなみにこれめっちゃ褒めてるんですけど伝わってます？」

「え？　あー……えーっと……」

誰かに褒められた経験が乏しいので、こういう時、どういう反応をするのが正しいのかわからない。

俺はただ、自分ができる範囲で言われたことをやっているだけだ。仁科に比べたら、そこまで影響力のある人間じゃない。

そんな俺のことをこんなふうに思っている人間がいることに、俺は純粋に驚いた。けれど同時にどこか照れくさくもあって、俺は白石くんからそっと視線を逸らした。

「そういえば仁科くんも前に言ってたな」

店長が思い出したように呟いた。

「……仁科が、ですか？」

「『関は俺と違って根が真面目で律義なやつだから、もっと任せていいと思います』って。仁科くんが辞める話は前から聞いてたもんだから、その時に関くんの話になってね。まあ、こんなに急に辞めるとは思わなかったんだけど。仁科くんが信頼してるならってことで、指導係は関くんにお願いしたんだよ」

「急に仕事増やしてごめんね」困ったように店長が笑う。白石くんは、なにも言わず俺をじっと見つめていた。

「関ってさぁ、俺のこと嫌いだよね」

突然仁科にそう言われたのは、バイトを始めて一か月ほど経った時の出来事だったと思う。

退勤時間が仁科と偶然同じで、俺たちは成り行きで一緒に店を出た。仁科がその話題を振ってきたのは、歩き出した直後のことだった。

「……は、え？」

「俺のこと嫌いだよねって聞いた」

「……え、いや、なんで？」

「いやいや、にじみ出てるじゃん。俺そういう雰囲気察するの得意だよ」

その瞬間、そんなわけないだろと否定できるほど俺と仁科の関係は深くなく、というより、言われたことが図星であり否定の余地がなかった。

人に知られたくない感情ほど、うまく隠せないのは何故だろう。

どう返していいかわからず目を逸らすと、仁科はハハ、と笑った。

「いや、いいんだよ全然。ごめん、べつにそれが嫌だとかじゃなくてさ」

「はあ」

「ただちょっと、俺はお前に興味あったから」

言っている意味がわからなかった。なんでも持っている仁科が、俺に興味を持つ理由なんてあるはずがない。

「中学生でピアス開けるとかかっこいいじゃん。関のこと、ちょっと羨ましかった」

馬鹿にされている。そう、思った。

羨ましいってなにがだよ。仕事で帰ってこない母がいて、部屋から一歩も出てこない兄がいて、俺はいつもひとりだった。上手な頼り方を知らないまま、人に迷惑をかけることでしか自分を見てもらえなくなった。

「……はっ。そういうとこだよ、俺がお前のこと嫌いだったのは」

「え？」

「お前はいいよな、悩みも地獄も知らなそうでさ。俺は、ずっと見返り求めて生きてるってのに」

ひとつ口に出した途端、感情はあふれ出す。こんなのはただの僻《ひが》みでしかないって、頭ではわかっているのに止まらなかった。

俺がどんな気持ちで生きているか、なんて、仁科にわかるはずがない。

愛想が良くて、誠実で、明るくて、勉強も運動もできてコミュニケーションに困らない。俺みたいに、他人の不幸を願って生きているようなやつと比べたら、仁科のような人間が人生をうまくこなせるのはあたりまえのことだ。

俺だって、本当はもっと真面目に生きていたかった。抱える孤独を誰かのせいにするんじゃなくて、本当はもっと前向きに生きて、自分で自分を認めてあげたかった。

あの時よりはまだ今のほうがマシとか、そういう過去の自分と比べて生きていたいわけじゃないのに。

ピアスを開けたくらいじゃ満たされない。

そういう感情を、俺はひとつも消化できないまま生きている。

「そういうとこだよ関。俺がお前を羨ましいって思うのは」

仁科の声が鮮明だった。

「見返りを求めるって、人を信用してるってことじゃん。俺は逆。他人ごときに俺のことわかってもらいたくないって思ってるから。本当に俺が考えてることなんてさ、きっと誰も知らない」

「……なんだそれ意味わかんね。つまんない冗談やめろ」

「みんな急に俺がいなくなって困ればいいのに、とかね。人にやさしくする理由にしちゃ曲がってるけど。俺も大概そんなこと思って生きてたりすんだよね」

「だから、意味わかんねえって」

「俺も」

「はあ……？　頭おかしいんじゃねーの」

「関ってホント俺のこと嫌いだよね」

「お前と喋ってると疲れる。もう黙れよ」

仁科翼。俺はお前のことが嫌いだった。無駄にキラキラしたオーラは鬱陶しかったし、なにを考えているのかわからない瞳も怖かった。

俺たちは絶対に交わらない。同じ思考を持つこともない。仁科がその日言っていた言葉の半分も、俺は理解できないままだった。

それでも俺は——俺たちは。

「あーなんか、関と全然仲良くないのに言わなくていいことまで言った気がする」

「知らねーよ、こっちの台詞だわ。まじでお前日本語不自由」

「まあでも関ならいいか。言いふらす友達いなそうだし」

「死ねお前まじで。性格ゴミ。人間界の最低種族」

「それ絶対言いすぎ」

「は？　お前が元凶な」

今、やっと気づいた。俺は仁科のことを羨ましいと思ってたんだ。

——……うん、そんな気がする。

過去の出来事を辿《たど》って、今更気づきを得ることがあるなんて知らなかった——いや、気づきたくなかったのだ、ずっと。

仁科が羨ましい。その感情を認めたら、俺があいつより劣っていることも認めることになる。

だけど、それは仁科も同じだったのかもしれない。仁科が俺を「羨ましい」と言っていたのが、本心からこぼれたものだったとしたら。

思い出したとて、仁科の生死はわからないままだし、あいつがいなくなったことで増えた俺の負担も減らない。それでも、あの時仁科が言っていた言葉の意味は、今の俺なら素直に受け止められる気がした。


「店長」

「ん？」

「新しい花、俺が世話しますよ」

お前がいなくなってもべつに困らなかった、お前の影響力なんてそんなもんだった、って笑って言えるように、俺は今をちゃんと生きることにする。

「つか関さん、辞めないでくださいね。関さんいなくなったら俺も辞めたくなっちゃうかもしんないんで」

「……花のことあるし当分はいるんじゃね？」

白石くんの言葉に、俺は照れ隠しで偉そうに返事をした。

その日、帰宅した俺は、なにを思ってか静寂に包まれたリビングで「ただいま」と言ってみた。思い込みでも幻聴でもなんでもよかった。ただ、「おかえり」と、消えるように小さな声で言われたような気がした。

五．親愛なるわたしへ（*side*：古橋美乃《ふるはしよしの》）

　学校という仕組みを最初に生み出したのは誰なんだろう。その人がもし今も生きてたら絶対わたしがぶっ殺してやったのになあ、とか。

　わたしの一日は、そんな物騒なことを懲りずに思っちゃうとこから始まる。

「ねーねー、小テスト勉強してきた？」

「いや全然。無理くり覚えるより堂々と再テスト受けたほうが効率的かなって」

「だはは、屁理屈《へりくつ》すぎ！」

「thought だけ覚えた。思考ね」

「th の発音うますぎだろ」

「先生の真似。あの人 th だけやたらこだわるじゃん」

　ＳＨＲが始まる五分前。わたしはスマホを鞄にしまい、覚える気なんてないくせに形だけでも、と英単語の参考書を机の上に広げた。

毎週月曜日の朝は英語の小テストがあって、この時間はクラスメイトの大半が駆け込みで単語を覚える光景が基本。十点中六点以上が合格で、それ以下だった者は昼休みに再テストを受けなければならないというルールだけど、再テストが不合格だったとて評定に少しばかり影響するだけ。

初めの頃は真面目に取り組んでいた生徒たちも、だんだん月朝《げつあさ》（月曜日の朝を何故かうちの学校の生徒はこう略す）の億劫さに気がついて、一部の生徒は平気で零点を取ったりするようになるのだ。堂々と再テストを受けたほうが効率的、というのは、わたしもとてもよくわかる。

「はいはい皆さん、テストしますよー」

そのうち担任が入って来て、B6サイズのテスト用紙が配られた。答案用紙にしては結構こぢんまりとしていて、せめてA4だったらもうちょっとテスト感出るんだけどな、とあまり周りに伝わらなそうな不満を抱えたままわたしは月朝を終える。

隣同士で答案を交換してすぐに答え合わせ。わたしの結果、十点中七点。今週も再テストは免れた。

その日、テストの中で thought と答える問題はひとつもなかった。

昼休みになると、クラスメイトの半分が部活の昼練に行ったり食堂に昼食を食べに行ったりするので、教室は密度が下がる。今日は月曜日なので、英語の再テストに向かう人もちらほら。塞がれていた空間に風が通る時間。すうっと息を吸うと、息苦しさが少しだけ消えていった。

昼食にお弁当を持参しているけれど、今日は家を出てすぐにお母さんから「お箸入れ忘れちゃった」とメッセージが届いていたので、購買まで割り箸を買いに行かなければならない。教科書をしまうついでに鞄の中からスマホと財布を取り出し、わたしは教室を出た。

購買に向かいながら、慣れた動作でＳＮＳを開く。

古乃　@furuno**chan　５時間前

今日は学校終わったら彼氏くんと映画！

ひさびさのデートだから顔面気合いれた(;;>ᴗ<;;)♡

そのツイートには、いいねが五十三件、リプライが三件ついていた。文字だけのツイートにこの反応はまあまあ良いほうだと思う。

Haruka　@ha**ru**20　4時間前
前にのせてたすきぴくんだよね⁉
デート楽しんで〜!

お茶漬け　@oishii*gohan*dayo　1時間前
学校まじえらい、、、

ゆうな　@yuuna1103sub*　36分前
彼氏くんの写真また見たい!:-)

いいね欄を表示すると見慣れたアカウント名がたくさんあって、わたしはほっとした。

届いたリプライを見て、Harukaさんは「デート」とか「彼氏くん」とか呟くと反応しがちだよなあとか、お茶漬けさんはたくさん褒めてくれるなあとか、ゆうなさんはいつもいいねしてくれるなあとか。本名も顔も知らない人たちの反応で得られる安《あん》堵《ど》が、わたしにとっては心地良い。

「……あ、お箸、ください」

「五円いただきますけどいいですか」

「はい、すみませんありがとうございます」

購買につき、いつもいるおばちゃんに錆びた五円玉を渡す。

忘れっぽいお母さんのせいで月に何度か割り箸だけを買いにきているけれど、このおばちゃんは多分、わたしの顔なんて覚えていないんだと思う。覚えてくれていたら、割り箸に五円かかることをわざわざ教えてくれたりしないだろうから。

割り箸を受け取り、おばちゃんに小さく頭を下げてわたしは来た道を戻った。


教室に戻ると、わたしの席には人がいた。クラスの中でも派手なグループの女子たちが集まってお昼を食べている。そこわたしの席なんだけど。心の中ではっきり言えても声にならなければ言っていないのと同じだ。

どうしようかと考えていると、グループのうちのひとり、相沢《あいざわ》さんがわたしに気づいて「あれ」と声をあげた。なんでいんの?と言いたげな顔をしている。

それ、こっちが言いたいんですけど。

「古橋《ふるはし》さんごめん。いなかったから使っちゃってた」

いなかったからって、割り箸を買いに行った数分離れただけなのに。わたしは毎日お弁当を持参しているから、食堂を使うことはほとんどない。昼休みは自分の席で過ごしているはずなのに、それすら認識されていなかったみたいだ。

「相沢」

言葉に詰まっていると、前の席の関陽介という男子生徒が口を開いた。

「俺今から学食行くからお前こっち使えよ」

「え、なに急に」

「いや、古橋いつも席で食ってんじゃん。それで古橋の席使うのはお前が百悪いわ」

「えーそうだった？　いつも食堂行ってるからわかんなかったんだもん、あんたが怒ることないじゃん」

「怒ってねえから。こういう顔なんだよ俺は」

関くんは目つきが鋭くて、口調も乱暴だから外見だけだとどうしても怖い印象があるけれど、彼が意外とやさしい人だとわたしは知っていた。

プリントを配る時にきちんとわたしに体を向けて渡してくれたり、今みたいにわたしが言えないことをズバッと言ってくれたり。本人はなにも気にしていないのかもしれないけれど、少なからずわたしにとって彼の存在はありがたかった。

とは言え、相沢さんに退いてもらった席でお弁当を広げるほどのメンタルは持ち合わせていなかった。派手な女子たちに囲まれて昼休みを過ごすなんて拷問だ。

「古橋さんごめんねえ」

「……あ、えっと、大丈夫。お弁当取りにきただけだから」

「あ、そうー？　ならこのまま借りるねえ」

「うん、どうぞどうぞ」

心のこもっていない謝罪に内心舌打ちをしながら、机の横に掛けていたランチバッグを持って、わたしは再び教室を出る。食堂の隅の席でお弁当を広げ、スマホを片手におにぎりを食べる。五円で買った割り箸は、強く握りしめたせいで折れてしまった。

古乃　@furuno**chan　今

ママが今日も箸入れ忘れてててともだちからフォーク貸してもらった！

ともだちみんなやさしくて大好き

投稿を送信して、すぐに何件かいいねがついた。いつのまにか増えた千六百人のフォロワーだけがわたしを認識してくれている。

わたしは毎日充実している女子高生で、デートの時に化粧に気合を入れるくらい大好きな彼氏もいるし、箸を忘れたらフォークを貸してくれるやさしい友達もいる——なんて、くだらない嘘で囲んだ架空の人物を、平気で演じてしまう自分のことが時々怖くもなるけれど、それに勝る安心感は、そう簡単に手放せない。

わたしをこんなふうにしたのは、世の中が勝手につくり上げた〝普通〟だ。

だから、わたしは悪くない。

彼氏くんと映画、なんていうのはSNSでつくり上げたわたしの話だ。そんなの妄想に過ぎなくて、実際のわたしは学校を出たその足で本屋に向かい、好きな漫画の新刊と、毎月買っているファッション雑誌を買った。

リアルの友達がいないわたしにとって情報源はこのふたつだ。わたしに恋人や友達がいたらこんな感じの青春を過ごせていたかもしれない、という期待を少女漫画で消化させ、流行りのメイクや服装は雑誌で摂取するようにしていた。

いつからこうなったのか。いつからわたしは、嘘でつくられた自分を認めてもらうことで安心するようになってしまったんだろう。

『美乃《よしの》も、高校では良い友達たくさんできるといいね』

時々思い出すのは、あの時言われた母の言葉だ。

中学校の三年間で、わたしには心を許せるほど仲の良い人はひとりもできなかった。いじめられていたわけじゃない。直接的な嫌がらせを受けていたわけでもない。それでもただ、漠然とした疎外感を、わたしは抱え続けていた。

二年生にあがるまでスマホを持たせてもらえなかったので、同級生が学校外でもやりとりをしている内容を、わたしは知らなかった。「ラインでも言ったけどさー」とか「あとで連絡しとくね」とか、わたし以外は誰も気にしていないような言葉を拾って、勝手に傷つくようになった。

わたしの知らない会話ややりとりがたくさんある、その事実が怖かった。

女子たちが数人で集まってひそひそと話をしているのを見ると、わたしの悪口を言っているのではないかと疑うようになった。人を信じられなくなって、だんだん人と距離をとるようになった。

スマホを持たされた頃には、すでにわたしは孤立していて、誰かと連絡先を交換するようなことはなかった。

学校に行くのがだんだんと億劫になり、休みがちになった。月に何度も学校を休む癖がつき、それは卒業まで直ることはなかった。

三年生になると必然と進路についての話が多くなり、わたしは毎日、不安と不満に押しつぶされそうだった。

絶対に高校生にならないといけないルールなんてなかったはずなのに、高校に行かない選択をしている人は周りにほとんどいなかった。

いつもへらへら笑っていて、救えないほど頭が悪かった同級生は面接だけで受験可能な私立高校に合格していたし、「うちはお金がないから」と言っていた学級委員長は、成績に応じて学費が免除される高校に進学を決めていた。一年生の時、わたしより試験の成績が悪かったクラスメイトも、いつの間にか県内じゃ偏差値が高い進学校に合格していた。

義務教育は中学校で終わりなのに、頭が悪くても、お金がなくても、不登校でも、高校生になることがあたりまえみたいになっているのはどうしてなんだろう。

勉強も運動もできないし、芸術センスに長けているわけでもない。困った時に弱音を吐ける存在はひとりもいなかった。

本当は、高校生になんてなりたくない。学校なんてもう行きたくない。

そう思っても、世間はそれを〝普通〟だと言ってはくれない。

結局、わたしは家から少し離れた私立高校になんとか合格し、高校生になった。

「美乃も、高校では良い友達たくさんできるといいね」

入学式を終えて家に帰ると、母はわたしにそう言った。

中学校にうまく行けなかった時期、母はわたしを怒ったり責めたりしなかった。だから勝手にこんなわたしのことも受け入れてくれていると思っていたけれど、それはわたしが勝手に思い込んでいただけだったみたいだ。

「美乃も」の「も」も、「高校では」の「では」も、「良い友達」も全部チクチクして、痛かった。

あたりまえのことをあたりまえにこなさないと普通じゃいられない。

毎日ちゃんと学校に行くこと。たくさん友達をつくること。雑誌で特集されているような流行りのものを友達と共有すること。漫画みたいに、誰かに恋をして浮かれたり傷ついたりすること。

そういう〝普通〟を、中学の時からちゃんとこなせていたら、今とは違う未来にいたかもしれない。

友達がたくさんいて、放課後に流行りのカフェに行って写真を撮ってそれをＳＮＳにあげたり、誰かを好きになって、私も知らない自分のことを知ったり。そういう世界線を生きてみたい。

そうだ、私は普通になりたかったんだ。母に心配をかけないくらい、そこらじゅうにいそうな女子高生でありたかった。

古乃というアカウントは、そんな願望から生まれた、わたしの架空の日々を綴るものだった。

古乃でいる間は、わたしは〝普通〟の女子高生になれる。反応をもらうことで安心感を得るようになったのも、それからすぐのことだった。

わたしはもう、ＳＮＳ《古乃》なしでは生きていけない。


本屋を出て、わたしは学校の最寄駅からふたつ離れた駅で降りて、さらに数分歩いたところにあるファミレスに向かった。この区間は定期圏内なので、電車は乗り放題だ。

店内に入ると、からんからん、とベルが鳴った。

「らしゃいませー……あ、」

わたしを迎えてくれたのは、いつも見かける男性スタッフ、兼クラスメイトの関くんだった。軽く会釈をすると、「お好きな席どーぞ」と促される。

窓際の席が空いていたので、わたしはその席を利用することにした。密かにお気に入りの場所だ。日当たりが良くて、コンセントもある。

それから、店内全体を見渡せる、絶好の場所。

「ご注文は」

「あ……ホットコーヒーひとつで」

「かしこまりました」

呼び出しボタンを押さなくなったのは最近のことだ。関くんは、わたしがいつもホットコーヒーを頼むことを覚えてくれたようで、水を置きに来るついでに注文を聞いて戻るようになった。私はこの店の常連、なんだと思う。

特別仲が良いわけでもないクラスメイトが働いていることを知った上で利用するのは少々気まずさを感じるけれど、気まずさを感じてでも、わたしにはこのファミレスに来る理由があった。

店内を見渡し、〝彼〟を探す。今日いるのは、関くんと、店長さんらしき男性と、時々見かけるパートのおばさんがふたり。黒髪で色白で、特別柔らかな雰囲気を纏《まと》っていた〝彼〟の姿は、今日も見つけられなかった。

なんでいないの。そろそろ出勤してくれないと困るんですけど。

心の中で愚痴をこぼしながら、スマホを開く。

古乃のアカウントにログインし、届いているいいねやリプライの通知は開かないまま自分のメディア欄を遡った。

何度か画面をスクロールすると、ひとりの男の写真にたどり着いた。このファミレスの制服を着て、笑顔で仕事をする姿。写真越しでも、彼の持つ柔らかく爽やかな空気感が伝わってきてドキドキしてしまう。

古乃　@furuno**chan　20**/09/20

彼氏くんかっこよすぎてこっそり写真撮っちゃった(;;>ᴗ<;;)

世界一かっこいいだいすき～～!!!

写真は半年前、わたしがこの店でこっそり撮ったものだ。フォロワーに万が一同じ学校の人がいても身バレしないように、顔が写らないような角度で収めている。

Haruka　@ha**ru**20　20**/09/20

顔見なくてもイケメンなのわかる

メル　@meruru*275　20**/09/20
古乃さん彼氏いたの知らなかった、、、流石に勝ち組

満身創痍　@NHK*dont*come　20**/09/20
生きる意味の具現化って感じする（?-?-?）

いいね四百五十九件、リプライ十七件。彼の写真を添えたその投稿には、いつもに比べてたくさんのコメントと反応がついていて、そのどれもが古乃を羨ましがるものだった。

なんとなく顔が好みだった。周りのお洒落《しゃれ》な日常系アカウントはみんな恋人の顔を隠して写真を載せていて羨ましいと思っていた。〝普通〟のふりをするには、恋人の存在をつくらないとだめだと思った。

そんな気持ちからほんのちょっと魔が差した、だけ。

カメラロールには、SNSには載せていない分の写真も何枚かあって、全部お気に入りにして保存していた。顔が写っているものも、名札が見えているものも、学校の制服姿のものも、わたしのスマホにコレクションしてある。

彼は「にしなくん」。下の名前は一度も聞いたことがない。名札にそう書いてあったので、名字だけ一方的に知っている。

この店のスタッフで、B校に通う高校生だ。たまたま彼が退勤する姿を見かけた時にB校の制服を着ていたことで、これもまた一方的に知った。

わたしが実際に「にしなくん」に会ったことがあるのは十二回。そして、「にしなくん」がわたしのSNSに出てきた回数もまた、十二回だった。

つまるところ、「にしなくん」の写真を撮るためにわたしはこの店に通っているといっても全く過言ではない、というわけだ。

勝手に彼氏にしてもバレない謎の自信があった。それは、わたしが通う高校と「にしなくん」が通う高校の偏差値には天と地ほどの差があったことと、広まるほどの繋がりをわたし自身が持っていなかったことからくるものだったのだと思う。

盗撮が悪いことだという自覚はあった。古乃の妄想がだんだん重いものになっていることもわかっていた。だけど、止められなかった。

有り余る承認欲求が満たされた時、わたしはとても安心するのだ。

それなのに、「にしなくん」が突然出勤しなくなってしまった。

最後に見かけたのはちょうど一か月前だ。文化祭準備の時期に入り、放課後の自由な時間が奪われてしまっていたので、わたしは一か月ほど店に来ていなかった。

　ＳＮＳ上では「文化祭超楽しみ♡」などと呟いていたものの、実際は心底面倒だと思っていた。あんなのは友達がたくさんいて明るい人間だけでやればいい。学校行事と名付けて楽しみ方を押し付けてこないでほしい、なんてそんなひねくれた思考は、誰にも共有されることなくわたしの中に潜んでいる。

「にしなくん」はどうしたんだろう。出勤できない理由ができたのだろうか？　「にしなくん」には、できるだけ長くこの店のスタッフでいてもらわないといけないのに。

　そうじゃないと、わたしはフォロワーにあなたを自慢できない。彼を介することでしか得られない安心感がある。そろそろ新しく「にしなくん」の写真を投稿しないと、別れたと思われてしまうかもしれない。恋愛も友情も、上手に匂わせておかないと。

　そう、だから「にしなくん」に勝手にいなくなられたら困るのだ。

「お待たせしました」

「あ、はいっ」

　突然声を掛けられ、目の前にコーヒーが置かれる。色々考えていたせいで、関くんの気配に全く気づけなかった。反射的にスマホを伏せ、わたしは「ありがとうございます」と小さく頭を下げる。

一か月前までは、関くんではなく「にしなくん」が接客してくれていた。店長さんや他のスタッフからも頼りにされているようだったから、クビになった可能性は考えられない。

彼のことは名字と顔と高校以外なにも知らないけれど、なんとなく、突然辞めるような人にも思えなかった。そうなると、考えられるのは怪我や事故などといったネガティブな理由になる。

関くんは、なにか知っているだろうか？　クラスメイトに自分から声を掛けるほどわたしは積極的な人間ではないが、全然話せないわけでもない。幸い、彼とは席が前後だ。最低限の会話のキャッチボールはできるし、周りに相沢さんのような派手な同級生もいないから気が楽だ。

「ごゆっくりど……」

「あの、関くん」

ごゆっくりどうぞ、と言ってその場を去ろうとした彼を呼んで、引き留める。わたしから話しかけたのは、記憶にある限り今が初めてだ。

関くんは数回目を瞬かせるも、表情を変えずに「なに？」と返事をした。途端に脈が速くなる。

「関くんと同い年くらいの店員さん……いたと思うんだけど、さ」

「あー……男？」

「うん、そう。えっと……その人、最近、いないよね」

本当はちゃんと覚えているくせに、「たしかニシナって名前の」と、他人感を強く出して保険をかける。

わたしは緊張していた。

学校じゃいつもひとりで行動しているわたしのような人が、スタッフが辞めたかどうかを気にしているのは変なことなのかもしれない。それでも、答えてほしかった。知りたかった。突然「にしなくん」が出勤しなくなったのはどうしてなのか、一方的に知る権利があるとわたしは驕《おご》っていたのだった。

「あ、いや、他意はないの。ただ、いつもいたのになって思って……」

「それ、俺らもわかんねえんだよな」

「え？」

関くんからの返答は意外、かつ、わたしが想像していたようなものではなかった。

「仁科が本当に辞めたのかどうかもわかんねーの。生きてるか死んでるかも」

「は……」

「〃消えた〃って言い方がいちばん正しいのかもな」

「にしなくん」は消えたらしい。生きているかどうかも定かではなく、名前だけがまだ在籍になっているそうだ。「そのうちクビ扱いになるんじゃね」と関くんが吐き捨てる。

辞めたかもしれない。死んだかもしれない。にしなくんは、いなくなってしまった。

脳が詰まり、言葉がうまく出てこない。

だってじゃあ、古乃《わたし》はどうしたらいいの。「にしなくん」がいなくなったら、古乃で載せる写真がなくなってしまう。当然、「消えた」なんて言っても誰も信じてくれない。別れたことにしたとして、励まされるのも可哀想って思われるのもいやだ。

「あー……へえ。そうなんだ」

「……古橋、あのさ」

「なんか関くんたちも大変だね。ここいつもバイト募集してるし。人手足りなそう」

「え？　あー、まあそれは」

他人事のようにそう言ってみせたけれど、本当は不安と焦燥感が押し寄せて、心臓がざわざわして落ち着かなかった。

どうしようどうしようどうしよう、だめだ、このままじゃわたしは。

わたしがわたしであるために「にしなくん」は必要不可欠だったのに、いなくなってしまったら、同時にわたしも〝普通〟じゃいられなくなってしまう。勝手なことしないでと怒りたかった。けれどそれとわたしの勝手な怒りであることもわかっていた。

わたしと「にしなくん」は他人だ。自分が勝手につくった他人の存在に、わたしはこんなにも振り回されている。

わたしの〝普通〟は、こんなにも簡単に壊れちゃうんだ。

「仕事の邪魔しちゃってごめん。教えてくれてありがとう、頑張って」

「え、ああ……うん」

関くんに一方的にそう言って、それからわたしは、コーヒーを半分飲んで店を出た。

？　@furuno**chan　今
なんか消えたい

アイコンを真っ白に変えて、名前も「?·」に変えた。よくある病み垢《あか》みたいでばかばかしい。そう思う反面、そうしたくなる気持ちが痛いくらいわかって虚しかった。知らない誰かがいなくなったくらいで壊れてしまうほど脆《もろ》い存在だってことくらい、ちゃんとわかっていたはずなのに。

こんな時でも、わたしはこの場所に縋《すが》ってしまう。むしろこんな時こそ、縋りたくなる。それが余計にわたしを虚しくさせるのだった。

どうしてこんな生き方しかできないんだろう。

長い間拠り所にしてきた古乃という人格が、途端にしょうもないものに思えて苦しかった。


「答案回収するので後ろの人集めてきてくださーい。五点以下の人、昼休みに再テストねー」

翌週、月曜日。いつも通り行われた英語の小テストは二点。隣の席の生徒には答案を返される時に少々気まずそうな顔をされた。

この一週間、考えごとばかりしていたような気がする。厳密には考えごとではなく、心にぽっかり穴が開いてしまってなにかを考える余裕がなかったというだけなのだけど。

ずっと胸のあたりが苦しくてふとした瞬間に泣きたくなる。その原因が、自分のくだらない生き方にあることも、ちゃんとわかっていた。

「古橋、答案」

「……あ、ごめん」

後ろの席が関くんであることをすっかり忘れていた。二点の答案を伏せて手渡すと、「再テストじゃん」と言われた。馬鹿にしているわけでも気まずそうにしているわけでもなく、ただ事実を呟くと、彼はわたしの横を通り過ぎていった。

そうだよ、再テストなんて最悪だ。堂々と再テストを受けるほうが効率的だってことも、不合格だったとて評定に大きく影響するわけじゃないってこともわかった上で、わたしはこれまで毎週ちゃんと勉強していたのに。

学校にいるわたしは、再テストを受けるようなキャラじゃない。キャラ、と呼べるほど存在感があるわけではないけれど、自分が周りから「ひとりが好きそう」で「真面目」で「頭が良さそう」な人に思われていることはなんとなく察していた。

月朝のために英単語をきちんと覚えるのは、再テストに行きたくないからだ。要領よく生きているクラスメイトに囲まれて昼休みを無駄にしたくない。「古橋さんって真面目そうなのに意外と勉強できないんだ」って、誰かひとりにでも思われていたくない。

わたしにとって勉強は将来のためでもなんでもなくて、わたしを守るための鎧だ。

だから、なにがなんでもちゃんとしていないといけないのに。

最近のわたしは全然だめだ。わたしが勝手につくり上げた〝普通〟は、わたしのせいで壊れていく。


昼休み。なんとか再テストを終えたわたしは購買に向かっていた。

今日に限ってお弁当を忘れてきてしまったのだ。母から「お弁当忘れてる」と連絡が入っていたけれど、わざわざ学校に届けてくれるほど時間に余裕はなかったようで、わたしが忘れたお弁当は母が職場に持っていくことになった。

歩きながらスマホを開き、古乃のアカウントにログインする。心臓が不穏な音を立てている。フォロワーが五人減っていることと、通知が一件も来ていないことを確認して、ため息が出た。

一週間前、アイコンを真っ白にして、名前を「?.」にして、弱すぎる本音を呟いたあの日のこと。『消えたい』というその投稿にはわたしを心配するリプライが何件もついた。

お茶漬け　@oishii*gohan*dayo　4時間前
なんかあった?　大丈夫?　無理しないでね、、、

Haruka　@ha**ru**20　8分前
ふるちゃん大丈夫?　なんかあったら話聞くよ〜…

大丈夫じゃないのに大丈夫なんて言いたくなくて返信は敢えてしなかったけれど、内心ほっとしていた。わたしが消えたいと言えば、みんなこうして心配してくれる。いなくならないでと言ってくれる。だからやっぱりわたしにはSNSが必要で、今更突然手離すこともできない。
その日の夜、古乃宛てに一件のダイレクトメッセージが届いた。

メッセージリクエスト
あ　@gxnNj9knAKg*Kg*　1時間前
彼氏と別れたんですか?笑　お疲れ様です笑笑
あなたのツイートみてて痛いからもう二度と呟かないでほしいです笑

古乃としてSNSを長らく使っていたけれど、マイナス的なコメントが来たのはそれが初めてで、鋭利な刃物で心臓を一突きにされたような、そんな感覚に陥った。すぐにブロックしたけれど、一度刺さった言葉の棘は簡単には消えてくれなくて、わたしはSNSを開くのが怖くなってしまった。

それから今日までの一週間、呟くこと、誰かの投稿に反応することもせず、フォロワーが減っていないかとか、マイナスコメントが届いていないかとか、そんなことを確認して安心するためだけにSNSを開いていた。

見たくないのに見ようとしてしまう。フォロワーが減っていたら落ち込むとわかっているし、メッセージが届いていたら心が不穏になるだけだということもわかっているのに、やめられなかった。

紛れもなくわたしは依存していた。インターネットにも、つくり上げた自分の存在にも。

わかっているのにやめられない自分が恐ろしくてたまらなかった。

メディア欄を遡り、「にしなくん」が映っている投稿を見返す。やっぱり顔がとても整っていてかっこいい。

いつか、フルネームくらいは自分で聞いてみたかった。あわよくば連絡先を交換して、ふたりで会う予定を立てて。それで、ちゃんと恋ができるような関係になりたかった。そうしたら、わたしはもっと違う日々を送れていたかもしれない、なんて、画面に映る「にしなくん」の姿を見て、また同じことを思う。

――ドンッ。

そんな矢先のこと。スマホに夢中になりすぎていて、角から出てくる人の存在に気づけなかった。声をあげた時にはもう遅く、ぶつかった衝動で手元からスマホが滑り落ちた。

慌てて手を伸ばしたけれど、先に拾ったのは相手だった。

「あ、ご、ごめんなさ――」

「なあ古橋」

「え?」

「やっぱさ、これ仁科だよな?」

唐突に問われた質問に顔を上げる。わたしがぶつかった相手は、「にしなくん」と同じファミレスで働くクラスメイト――関陽介だった。拾われたスマホの画面には、わたしがたった今見返していた「にしなくん」についての投稿が映し出されている。

「……覗《のぞ》く気なかったんだけど、こないだ古橋が店に来た時も画面軽く見えたんだよね。似てるだけかって思ってたけど、仁科のこと聞いてきたからやっぱりそうかもって」

わたしはなにも言えなかった。ネット上じゃ息を吐くように嘘をついてきたくせに、現実じゃ否定の言葉すらつっかえて出てこない。こんな不運が重なるってわかっていたら、関くんに「にしなくん」について聞いたりなんかしなかったのに。

「これさ、なにが満たされんの？」

「は？」

「他人を他人に自慢するのって、古橋にとってなにが楽しいの」

静かな声だった。関くんのまっすぐな瞳がわたしを映している。

他人に他人を自慢するのってなにが楽しいんだろう。少し考えて、楽しさを得るためにそうしていたわけじゃないことを思い出した。

「楽しくないよ、なんにも」

「じゃあなんでこんなことしてんの？」

「……安心するの。関くんには、わかんないかもしれないけど」

楽しいんじゃない。安心したかったのだ、わたしは。

架空のわたしに縋ってでも、インターネットに依存してでも、この安心感の中で息がしたかった。

「彼氏って言って載せると反応がいいの。わたしのこと、みんな羨ましいって言うんだよ。わたし生きてるって感じるの」

「……本当の自分じゃないのに?」

「だってもうやめられないの。今更無理なの、依存しちゃってるんだもん。嘘でもこの安心感がないと生きていけない。開くの怖いって思ってても癖で開いちゃうの、病気だよねホント」

「……」

「……わかってるの。でもだめなの、わたしは〝普通〟じゃないといけないから」

わたしは〝普通〟でいなくちゃいけない。お母さんが安心するような「わたし」でいるためには、「古乃」の存在が必要だった。

自分で言葉に起こすと、あまりにみじめで泣きそうになる。こんなくだらない生き方しかできないのに、ひとりでは解決策が見つけられないままだ。

「いや、べつにSNS自体をやめるべきとは思ってねーよ俺は」

「……え?」

「でも、今古橋が必死につくってる〝普通〟は古橋を苦しめてるだけな気がする。だから一旦その「古乃」っていう人格は捨てたほうがいいんじゃねーのかなって」

関くんの声は落ち着いていた。依存していることをばかにするわけでも、そんな普通はおかしいと否定するわけでもなく、本当にただ、関くんは考えを共有しているだけのように思えた。

「彼氏がいない人なんていっぱいいるし、病み垢つくってるやつもいっぱいいるだろ。古橋が〝普通〟だと思ってないこと、誰かにとってはただの日常で、〝普通〟だったりするんじゃやねえの？」

「……なにそれ」

「俺からすれば、〝普通〟になりたがる古橋のほうがよっぽど異常だって思っちゃうけどな」

関くんになにがわかるの。そう思ったのは一瞬のことで、実際に言い返すことはできなかった。

関くんにとって、わたしは異常。それでも、関くんの言葉には、先日届いたアンチコメントみたいな棘は感じられなかった。否定も肯定もせず、わたしの存在を受け入れてくれている。

「使い方次第だと思う。無理して充実してるふりするんじゃやなくて、今の古橋が思ってることを発信してくだけでも全然違う使い方できるんじゃねえ？　ネットなんてもともと綺麗なもんじゃないだろうし。突然存在ごと消したって、クソみたいな弱音吐いたって、そんなの本人の自由なわけだし」

「……でも、消したらわたしも消えちゃう」

「消えるのはアカウントだろ？」

「つ、でも、これがわたしで……」

「いや全然別人だわ。古橋は古橋じゃん」

全部事実で、関くんの言う通りで、泣きそうになってしまう。どれだけ理想の自分をつくっても、わたしはわたしで、わたしにしかなれないんだ。

古乃のアカウントを作ったのは、吐き出せる場所が欲しかったからだ。母の望む理想のわたしにはなれない、その苦しみを、誰かにわかってもらいたかった。

それなのに、いつの間にかフォロワーが増えて、誰かに認めてもらうことに生きがいを感じるようになった。

「古乃」でいることは、わたしを否定することと同義。それに気づかないふりをして、わたしはわたしを苦しめていた。

「なくなってからようやく気づくこともあるんだよ、きっと。実際俺もそうだったし」

「……関くんも彼女いるって嘘ついたりしてたってこと?」

「いやそれはしてねーけど。なんで今まで気づけなかったんだろうみたいな、そういうのはちょうど最近あったから」

このアカウントを消したら、古乃を殺したら。

そうしたら、わたしはわたしを認めてあげられるだろうか?

「みんな普通で異常なんだよ、きっと」

そう言った関くんは、初めて見るやさしい顔をしていた。


購買に着き、メロンパンをひとつ持っていつものおばちゃんの元に行く。

すると、おばちゃんはわたしを見て、「あら?」と驚いたように声をこぼした。

「今日はお箸要らないんですか」

「え?」

「ああでも、パンだから必要ないわよね。ごめんなさいね、急に。あなた時々お箸だけ買いにきてるから、つい」

「ありがとうございました」というおばちゃんから百三十円と引き替えにメロンパンを受け取り、わたしは小さく頭を下げて踵を返す。

『今日はお箸要らないんですか』

おばちゃんにとってはただの疑問にすぎないその言葉は、わたしにとっては泣きたくなるほど温かいものに聞こえた。

その夜、わたしは思い切って古乃のアカウントを消した。一六〇〇人のフォロワーに向けてなにかを呟くことはしなかった。

古乃はもういない。やさしいフォロワーにかまってもらうためでも、わたしに「二度と呟かないでほしい」と送ってきた捨て垢を喜ばすためでもない。

かつて縋っていた自分を殺して気づくことがあるなら、わたしはその気づきを信じてみたいと思ったから。

よしの　@Yoshino**reborn18　今

自分のこと、もっとちゃんと好きになりたいな

これは、わたしがわたしを認めてあげるための選択。

タイムラインを眺めていて、ふと流れてきた写真に目を奪われた。

翼　@247a**new　21時間前

海でギターを弾く女の子の写真に、言葉は添えられていなかった。海の青が眩しくて、ギターが光っている。写真を撮ったのはアカウントの主である翼という人なのだろう。

「……すっごい、素敵だ」

海と、ギターと、きっとこの人にとっての大切な人。ただの他人でしかないわたしが見ても、その写真は愛しさであふれていて、とても美しかった。

六．静寂が語るには（*Side*：仁科新《にしなあらた》）

静寂は孤独、だと思う。怖いとまではいかないけれど、寂しいと感じる。だから、生活には常にＢＧＭが欲しい。おれの部屋にはテレビがないので、代わりに音楽をかけるのが日課だった。

いつかのおれが一時間かけて作った最強のプレイリスト。百十八曲、七時間三十四分。夜を越えるには十分すぎるかもしれない。再生すると、寂しさを含んだ空気が少しずつ消えていくような気がした。

壁を背もたれにするようにベッドの上で胡坐《あぐら》を掻いた。「あっちもこっちも付けないで節電しなさい」とよく母に言われるので、部屋の電気は付けずベッドの脇に置かれた間接照明を灯す。ほんのり睡魔を誘うオレンジのライトが、おれは結構好きだ。

手元にあるのは一冊のリングノート。一週間前、兄の部屋で見つけた。

兄とはいっても、数時間後にはおれも生まれているので兄と呼んだことは一度もない。

双子だから仲が良いとか、同じ道を歩むとか、そんなのは現実的な話じゃないと思う。実際、おれと兄は義務教育を終えてから全く別の学校に進学したし、家でもろくに話さないような関係性だった。おれたちは全く違う人間なはずなのに、顔と背丈だけはそっくりで、それが時々鬱陶しくもあった。

ノートの表紙にはなにも書かれていなかったけれど、質感を見ただけで、使い古していることはなんとなくわかった。パラパラとページを捲《めく》ると、日付と一緒に短い文章がいくつも綴《つづ》られていて、すぐにそれが兄のつけていた日記であると気づいた。

4／15

進路の話キモ。まだ4月なのに。

4／28

やりたいこととかなにもないしギター持って旅でもするか？

5／3
GWこんなバイト入れなきゃよかった
セキと帰った　セキって意外とよくしゃべる
おれもピアスあけたい

5／21
ギターうまくなりたい

6／10
雨ってだけでうつ

6／24
梅雨うぜーーーー北海道に移住したい（空気うまそう）

ページを捲ると、鼓動が速くなる。おれの記憶じゃ、兄はそんな荒い口調で話すような人ではなかった。母に怒られているところなんてまともに見たことがないし、反抗期と呼べるものも来ていなかったように思う。

性格も口調も生き方も、周りからの評価も、どこをとってもおれとはまるで正反対だった人だ。

ここに綴られているのは、きっとおれが知らない兄のこと。裸を覗いているような気分だ。少しの背徳感と、それに勝る好奇心がおれを襲う。

日記が八月にたどり着いたところで、誰かがドアをノックした。反射的にノートを閉じたタイミングでゆっくりドアが開き、風呂上がりの母が顔を出した。いつも思うことだけど、返事を聞く前に開けるならノックをする意味はない気がする。

「まだ起きてたの?」

「あー、うん」

「電気付けなさいよ。目悪くなるでしょう」

薄暗い部屋を見て母は言った。節電するように言うのは母なのに、間接照明だけでは目が悪くなるから電気を付けろだなんておかしな話だ。母が言う節電の正解を教えてほしい。

「ほどほどにしなさいね」

机の上に積んだままの漫画や広げたままのスケッチブックを一瞥《いちべつ》した母は、そう言うとドアを閉めた。無駄なことに時間使うのも大概にしろ、と、多分そういうことだ。「ほどほどに」と言うあたり嫌みが含まれている気がする。苛立ちが募り、おれははあ、と大きなため息を吐いた。

再び日記を開き、続きに目を通す。

8／1
もう8月こわ
2か月くらい絶対勝手にどっかいっただろ

8／15
模試ばっか頭おかしくなる
ベンキョーベンキョー死ね

8／18
大学いってやりたいこととか別にないな
労働とか給料日以外人を不幸にする気がするし

8／30
全部捨てて電車とか乗り継いで遠くにいきたい

9／1
夢に庄司さん出てきた
ひさびさに中学おもいだす　今何してんのかな

読み進めていくにつれ、日記にはマイナスな言葉が多く吐き出されるようになった。おれは、兄がそんな感情を抱えて生きていたことを知らなかった。同じ家で暮らしているけれど、お互いの進路すらわからない。いつも涼しい顔をして生きているから、視界に入るだけで焦燥に駆られるのだ。

高校生になってからは、目を合わせて会話をした記憶がほとんどないくらいだった。おれたちは確かに、「不仲」だったのだと思う。

九月七日の日記にたどり着き、おれは手を止めた。そのページは黒い線で何度も塗りつぶされていて、日付だけがかろうじてそのまま残されている。

なにかを書いて、消した。そしてそれがなんだったのかは、さらにページを捲ってすぐにわかった。

どれだけ力強く書いたのか。裏面にうっすら写った四文字が、俺の胸を締め付ける。そんなふうに思うことがあったなら、話してくれたらよかったのに——なんて偉そうなことは、間違ってもおれが言えることではなかった。

おれたちが双子じゃなくて、年の離れた兄弟だったらわかり合えていただろうか。同じ家に生まれていなければ、良い友達にでもなれていただろうか。

どうしておれたちは家族で、よりにもよって双子だったんだろう。

日記を閉じ、スケッチブックと漫画が散らかる机の上に雑に置いた。こんなもの見つけなければよかった。いなくなった今でも、おれは兄のことが嫌いなままだ。


日曜日の昼下がり。こんなおれでも一応受験生というやつなので、休日は勉強道具とスケッチブックを持って図書館やカフェに行くことが多かった。

学習にスケッチブックは当然必要ないけれど、持ち歩いているだけで安心する。ナントカ効果ってやつ。ナントカがなにかは覚えていないし思い出す気もないのだが。

「新《あらた》、どこ行くの」

玄関で靴を履いていると、後ろから母が声を掛けて来た。ああうん、と短く返事をすると「どこに?」ともう一度聞かれる。

母は最近、というか、この一週間、外出に対して敏感だ。原因はわかりきっているが、この場にいない人間のせいで環境に影響が出るのは、正直かなり鬱陶しい。

「勉強しに図書館行ってくる。夕方には帰るよ」

「ああ、そう……ちゃんと連絡してね」

安堵する母に、それ以上返事はしなかった。苛立ちを抑え、おれは家を出る。清々しいほどの青空が憎たらしかった。


図書館に出向いたが、日曜日ということもあってか学習スペースが満席で利用できなかったので、代わりにカフェに行くことにした。

駅から歩いて五分ほどのところにあるこぢんまりとしたカフェバー。ちょうど一か月前くらいに、歩いていてたまたま見つけた店だ。

昼時だったので客数はかなり多く見受けられたが、ひとりだったので、運良く空いていた隅のカウンター席に通された。コンセントもWi-Fiもあるし、椅子がソファのように柔らかいのでかなり快適なので、長居するには条件が良い。

いつもいる若い女性の店員にアイスティーを注文した後、バッグから参考書やノートを出して広げた。受験なんてめんどくさくて人を苦しめる仕組みは、誰が最初にやり始めたんだろう。頭脳とか学歴とか、そんなもので評価されたくないと思うのは単なるおれの我儘《わがまま》なのだろうか。

英語の参考書を見つめながら、ぼんやり思考を巡らせる。

おれは、これからどうなっていくんだろう。

勉強が特別できるわけじゃない。騒がれるほど運動能力に長けてはいないし、人と長時間同じ空間にいるのも苦手。将来の夢はなんにもなくて、興味があることもやりたい仕事もひとつも思いつかない。

高校三年生のこの時期になっても、おれはふらふらしたままだ。

ぼんやり思考しながら、開いたノートの隅っこにペンを走らせる。スケッチブックとはまた違うノートの紙質は、さらさらしていて脳死で落書きするにはちょうどいい。手抜きで描いた好きな漫画に出てくるキャラクター。我ながら、結構似ていると思う。

なにもないおれが、かろうじて人に話せる特技は絵だった。好きになった経緯は多分幼少期のどこかにあるんだろうけど、思い出せるほど記憶力があるわけじゃない。

スケッチブックを持ち歩くのは昔からの癖。コミュニケーションが上手にできなくて、思っていることを伝えることが苦手だったので、消化しきれなかった感情をぶつけるという意味があったのだと思う。付いた習慣はなかなか消えないもので、十八歳になった今でもやめられずにいる。

自慢できることでも将来に活かせることでもないが、スケッチブックと鉛筆はおれの心臓だった。

『新はいいな。才能があって』

ふと、脳裏をよぎったあいつの言葉に苛立ちを覚えた。生きているだけで才能の塊のようだった人に羨ましがられたところで、むかつくだけだ。

人の記憶は、どうしてこんなに都合良くできているんだろう。

ここにはいない人間から言われて嫌だったことばかり思い出してしまう。兄と双子で良かったと勘違いできるくらい、嫌な記憶の全てを忘れられたらよかったのに。

双子の兄――仁科翼は、憎たらしいほどよくできた人間だった。

頭が良く、中学時代からテストでは常に上位をキープしていた。美術でしか五を取れなかったおれに比べ、翼はほとんどの教科で四以上を取っていて、「翼はなんにも心配いらないねぇ」と母がよく褒めていたのを覚えている。

おれはそんなふうに褒められたことなんか一度もなかった。いつもどこか心配されていて、言葉にされなくても「翼を見習いなさい」と訴えかけられているような気がしていた。

勉強だけじゃない。運動もジャンル問わずだいたい人並み以上にはできていたし、コミュニケーション能力にも長けていた。周りにはいつも人が集まっていて、その全員が、翼のことを信頼したり好意を寄せたりしていたように思う。

翼の心臓は、おれみたいにスケッチブックと鉛筆がなくても正常に動いている。

それがずるくて、憎くて、消えればいいと思っていた。

双子なのに、光が当たるのはいつも翼だけ。日に日に募る劣等感も、同じ顔なのにひとつもわかり合えない性格も、全部大嫌いだった。

自分を見失いそうになるのも、ふとした瞬間に生きている意味がわからなくなるのもあいつのせいだ。

嫌悪と劣等感をかき消すように、ノートに描いたキャラクターの顔をぐりぐりと塗りつぶす。指先に力を込めると、ボキッと音を立てて鉛筆の芯が折れ、芯の黒い粉が散らばった。

心臓がざわついて落ち着かないのは何故なのか。

「お待たせしました、アイスティーで――……え？」

目の前にアイスティーを置いた店員の声が途切れる。あまりに不自然だったので視線を移すと、目が合った。同い年くらいの男性店員。記憶をほじくり返せばどこかにいそうな顔だ。

「えーっと……同じ中学で……」

「は？」

「……いや、なんでもないです。すみません、ごゆっくりどうぞ」

同じ中学で。小さくて聞き取りづらかったけれど、店員は確かにそう言っていた。言われてみればいたような、いないような。少なくとも、この店員とおれが親しい関係じゃなかったことだけは確実だろう。こういう時、あいつだったらすぐに名前を思い出せるんだろうか。

おまえはいいよな、なんでも完璧で。

劣等感はこんなにもおれを皮肉にさせる。心の中でこぼれた本音に、大きなため息が出た。

「お会計、四五十円です」

結局、おれは一時間ほどでカフェを出ることにした。勉強をしようにも、頭の隅に翼がいて気が散るのだ。鉛筆の芯は、大胆に折ってしまったせいで簡易的な鉛筆削りではうまく修復できず、絵を描くことすらできなかった。

全部が少しずつうまくいかない。そういう瞬間が重なってストレスが溜まったり焦燥感に煽られたりするのかな、と他人事のように思う。

会計をしてくれているのは、アイスティーを運んできてくれた男性店員だった。おれと同じ中学校に通っていた、らしい人。ちらりと名札に目を向けると「青砥」と書いてあり、そこでようやく思い出した。

青砥千春。名前と顔はかろうじて一致するけれど、クラスは一度も同じになったことはなくて、これといって接点があったわけでもない。その程度の距離感だから、話しかけるか迷って最終的に遠慮した青砥の気持ちもわからないではなかった。

「あ……青砥」

「え?」

「僕、青砥……、一応中学同じだったんだけど。えーと……仁科、僕のこと知ってる?」

リュックから財布を取り出したタイミングで青砥が口を開いた。遠慮したんじゃなかったのかよ。話しかけられるとは思わず、おれは驚いて数秒固まってしまった。

「ごめん、急に。その……えーと、あんまりこの店、知り合い来ないから」

「へえ……」

「元気?」

「それなりに」

「へえ……」

青砥が申し訳なさそうに目を逸らす。意味がわからなかった。なんだこの中身のない会話は。過去にまともに会話をした記憶はないから、青砥がどんな人でどんなふうにコミュニケーションをとる人なのかは知らないけれど、今のやり取りから察するにおれより人と関わるのが下手なんじゃないかと思う。

無理をしてでもおれと話したいことがあるのだろうか? 考えながら、四五十円ちょうどあったので、取り出してトレイに載せた。そのタイミングで、「あのさ」と青砥が再び開口した。

「仁科……早く帰ってくるといいよね」

そう言われた瞬間、そういうことかと納得した。関わったことのない同級生に話しかけるのに理由がないわけがない。青砥がおれに話しかけてきたのも、最初に話しかけづらそうにしていたのも——行方不明になった仁科翼と双子だからだ。

「なに？　翼のこと聞き出したかった？」

「え、いや。ごめん、そういうんじゃなくて」

「だったらおれに聞くよりテレビとかネット見たほうが良い情報あると思うけど。おれ、翼と仲良くなかったし。性格も全然違うからさ、なんで翼がいなくなったのかとか想像もできないんだよね」

一週間前、翼が突然姿を消した。いつも通り制服を着て学校に行ったはずの翼は、突然帰ってこなくなった。

学校からは翼が来ていないと連絡が来て、母はとても動揺していた。普段は落ち着いている父もその日は柄になく焦っていて、翼を捜すために近所を走り回っていた。おれも父と一緒に翼を捜したが、あいつが行きそうな場所も行動範囲もわからなくて、ただ当てもなく走り回るのは苦痛な時間だった。

結局、二時間ほど近所を捜し回ったけれど翼は見つからず、父と汗だくになりながら家に帰った。

日記を見つけたのはその夜のことだった。風呂から上がり、ただなんとなく、翼の部屋を覗いた。今思えば好奇心だったのだと思う。ほとんど入ったことのない翼の部屋がどんな内装なのか気になっていた。

落ち着きのあるシンプルな部屋は翼らしくて、物で散らかったおれの部屋とは大違いだった。整頓された机の上にあった一冊のリングノートと使ったまま放置されたボールペンが置かれていて、おれは引き寄せられるようにノートを手に取った。

綺麗に片付けられた部屋に似つかわしくない出しっぱなしのそれらに、おれは違和感を覚えていた。

『……新？　なにしてるの』

中を読もうとしたところで、母に声を掛けられた。息子がいなくなり、全てに敏感になっていたのだろう。咄嗟にノートを閉じ、『なんでもないよ』と曖昧に答える。

『なにか翼のことわかるかと思って』

『そう……。でも、勝手に漁ったらだめよ。お母さん、それで翼に怒られたことあるから』

『翼に？』

『勝手に触んないでって。まあ、普通に考えたらそうよねえ。お母さん過保護すぎたかもってちょっと反省したのよ』

翼も母に怒ることがあったなんて知らなかった。

しかしながら、確かに母はかなり心配症で、時々鬱陶しく感じるほどだ。高校生になってからは緩和されたけれど、中学生の頃は帰宅時間や対人関係を細かく知りたがろうとしていた。おれと翼の性別が今と違っていたら、もっと厳しくて口うるさい母になっていたのではないかと思う。

『お母さん、やっぱり警察に連絡しようと思う』

『……そう』

『帰って、くるわよねぇ……』

母の弱々しい声が、静寂に溶けていく。警察が来たら、このノートも参考資料として預かられてしまうかもしれない。そう思ったら置いたままにはできなくて、母が部屋を出た後、おれは自分の部屋にノートを持ち込み、リュックの中にしまった。

翌日、翼が消えたことは全国ニュースになり、警察の捜査が始まった。

それから一週間後の今日。警察の捜査や、知り合いからの連絡に追われて家自体がバタバタしているうちに、おれもノートの存在を忘れてしまっていた。ふと思い出したのが今朝のことで、おれはようやくあのノートが翼の日記だったことを知ったのだった。

けれど、それくらいだ。血の繋がった兄弟なのに、おれは文字を通してようやく翼の本音をほんの少し知れただけで、それ以外はなにも知らない。

おれたちは真逆だ。本音を知ったところで、きっとひとつもわかり合えない。

「あのさ、仁科」

青砥の声にハッとした。トレイに載せた四五十円はレシートへと姿を変えている。

「他人の僕が言うのも変な話だと思うんだけど……、わかり合えない人のこと、わかろうとするだけでも違うのかもって思う」

「……はあ？」

「僕も最近気づいたんだ。だけどさ、言わないだけで、みんな意外と色々抱えて生きてるみたいだから」

久しぶりに会った、まともに話したこともない同級生にそんなことを言われるなんて思ってもみなかった。急に話しかけてごめんと謝られ、曖昧に返すことしかできない。

言わないだけで、意外とみんな色々抱えて生きている。

そんなこと言われなくてもわかっている。

おれにだって、言わずにいることがある。翼のことが本当はずっと嫌いだということを母に伝えなかったし、あいつをずるいと思っていたことも、おれ以外の誰も知らない。

言ったところでどうせわかってもらえない。他人にわかったように話されたくもない。仮に誰かに話したとして、わかってもらいたい人にわかってもらえなかった時が怖いから。だから、言わないだけだ。

翼も、そういう気持ちを抱えていたのだろうか？

たとえわかり合えなくても、わかろうとしていたら——おれたちはもっと仲良くできていただろうか？

「ありがとうございました」

レシートを握りしめ店を出る。「またお待ちしております」と、青砥の控えめな声が遠く聞こえた。

「わはっ、アオハルくんすっごい緊張してたね。会話レベルが二だった」

「やっぱり僕人と関わるの苦手だなって思いました。なんか、自分のこと棚に上げて説教臭いこと言っちゃったし」

「いいんだよ。人間関係とかべつに得意になろうとしてなるようなことでもないしさ。他人のために無理することでもないでしょ」

「わかろうとしてもわからないことばっかですね人生」

「アオハルくんも『人生』で括るようになったかあ、いいねえいいねえ」

「すごいうざいんでもう喋らないでもらえます?」

「なははっ。でもねえ、すごい良かったよ、さっきのアオハルくん。さっきの男の子にも響いたんじゃないかなあ」

「どうですかねえ……」


カフェを出た足で、おれは家の近くの公園に立ち寄った。日が暮れ始めた空はオレンジ色に染まり始めていて、ほんのり切なさを含んでいる。

おれはベンチに座り、リュックから日記を取り出した。ぱらぱらとページを捲り、八月の日記にたどり着く。不穏さが増し始めたのはこの辺りからだ。

高校三年生の夏は、一般的に、模試や課外講習が詰まっている時期。翼が通っていたのは県内じゃ有名な進学校だったから、いっそう空気が煮詰まっているのかもしれない。詳しいことはなにも知らないけれど。

8／1
もう8月こわ
2か月くらい絶対勝手にどっかいっただろ

8／7
ギターかっこいい　俺にも才能あったらな

8／9
新しいピック買った！弾くぞ

8／15
模試ばっか頭おかしくなる
ベンキョーベンキョー死ね

8／16
新いいなー

絵描けたら俺ももっと違ったのかな

前に目を通した時は見落としていた八月十六日の日記。記憶の中の翼が喋りだす。

『新はいいな、才能あって』

思い返せば、翼にそう言われたのも夏のことだった。

部屋にこもり絵を描いていた時、翼が部屋に入って来た。その理由は、シャープペンの芯が切れたから一本だけほしいとか、ルーズリーフ一枚ちょうだいとか、どうでもよすぎて思い出せない程度の用事だったことだけは覚えている。

おれたちは最低限の会話しか交わさない。それもだいたいは翼からの用事であって、おれから翼に話しかけることはほとんどなかった。

『また絵描いてんの?』

『べつにいいだろ。見んなよ』

『いいな、才能あって』

あの時、おれはバカにされていると思った。絵なんか描けても、将来なんの役にも立たない。美術について深く学びたいわけでもないから芸術大学に行くなんて選択肢は持っていなかったし、専門に行く気にもなれなかった。

気が向いた時に手癖で描くくらいがちょうどいい。仮に絵が描けることがおれの才能だったとしても、翼に羨ましがられるようなことじゃない。

おれよりずっといいものを持っているくせになに言ってんだよと、褒められている事実を純粋に受け取ることができなかったのだ。

あの時、翼がどんな悩みを抱えていたのかとか、誰かに言えない気持ちがあったのかとか、そんなことは一ミリも考えたことはなかった。考えようとすら、おれはしていなかった。

9／7
[redacted]

九月七日の日記。黒で塗りつぶされたそのページに書かれた四文字が苦しい。

なにが、翼をそんな気持ちにさせていたんだろう。

勉強も運動もできて、周りには好かれていて、期待もされている。翼は、双子でいることが苦痛に思うほどよくできた人間だ。

そんな翼にも、日記に吐き出したくなるような感情があった。おれを羨むことがあった。

黒で塗りつぶしてしまうような気持ちを、本当はずっと抱えていたのだろうか？

考えてもわかりそうになくておれは空を仰いだ。

いなくなってから気づくなんて、死にたくなるほど情けない。


母に「少し遅くなる」とラインしたのは十七時を回った時のこと。送った直後に母からは電話がかかってきたけれど、帰りが遅くなる理由を全て説明するのは面倒だったので出なかった。

【遅くなるって何時頃？】【迎えいく？】と続けて送られてきたラインには、既読だけをつけた。

翼がなにも言わずいなくなった理由が、なんとなくわかった気がする。

相手が諦めるまで鳴り続ける電話も連続で送られてくるラインも鬱陶しくて言葉を返したくない。だけど、心配性の母が不安がる気持ちもわからなくはないので、既読だけは一応つけておこう。

そういうことにいちいち思考を奪われるのが嫌だったんじゃないか？　なんて、今ここにいない人間の思考をわかろうとしたところで、どうせ正解は出てこないんだけど。

人を捜していた。遭遇できるかどうかの確証はなかったけれど、地元の高校に通う生徒たちの通学路を辿ったり、街の真ん中にあるいちばん大きな交差点で辺りを見渡したりした。

翼が残した日記の中に名前があったあの子。夢に出てきて、なにをしているか気になってしまうようなあの子。彼女なら、おれが知らない翼のことを知っているかもしれない。

時間が経ってだんだん周りが翼のニュースに興味を示さなくなる前に、おれは彼女に会っておきたかった。

「おーい、新くーん」

だからその日、彼女——庄司絢莉と偶然遭遇できた時は、柄にもなく、神様とかまじでいるかも、と思ってしまった。

彼女は、中学時代と変わらず永田百々子と木崎祐奈《ゆうな》と一緒にいた。おれは三人のうち誰ともきちんと関わったことはなかったけれど、彼女たちが中学時代一緒に行動していたことは知っていたので、時間が経てば経つほど翼とわかり合えなくなってしまったおれからすれば、変わらない関係を築けているのが少しだけ羨ましかった。

「庄司さんは、どう思う？」

「どうって？」

「翼は、やっぱり死んだって思う？」

彼女に何故そんなことを聞いたのか、自分でもよくわかっていなかった。自分だけじゃないと思いたかったのかもしれない。信じたかった——希望を抱いているのがおれだけじゃないってことを。

スケッチブックを開き、削りたての鉛筆を握った。

記憶を辿って、翼の顔を描いてみる。一卵性の双子だから、鏡を見ながら描けばだいたいの特徴をとらえることはできるのかもしれないが、それをしなかったのは、妥協したくなかったからだ。

手癖で描く漫画のキャラクターの何倍も難しくて何度も描き直したが、結局できあがった似顔絵はこの上なくへたくそで、おれはひとり、部屋で笑ってしまった。

双子なのに、おれは翼の顔をきちんと認識できない。それだけ長い間、おれは翼を避けていたということだ。

全く似てない似顔絵の隣に、深く考えずにギターを描いた。

翼とあまり話した記憶はないけれど、中学一年生の頃まで翼が時々ギターを弾いていることは知っていた。あの頃、隣の部屋からやさしい音色が聞こえると、おれはBGMを止めていた。翼には死んでも言わないことだけど。

ある日突然聞こえなくなったのは、多分、母の影響だと思う。俺がちゃんとしていない代わりに、母は翼に期待していたから、無駄な時間を許さなかった。

好きなことを禁止されるのはどんな気持ちなんだろう。その点、おれは絵を手離したことはなかったから、翼の苦しみは到底想像できなかった。

おれは、翼のことをなにも知らない。知らないから、話をしなければならない。

おれは変わらずひねくれていて、翼のことはどうしたって羨ましいと思ってしまうし、おれにはなにもないとも思ってしまう。

翼よりおれのほうがずっと死にたいって思ってるとかわけのわからないマウントを取りそうにもなるし、運動も勉強もできるんだから絵なんか描けなくてもいいだろとかクソみたいなことも思う。

おれのことをわかってもらいたいなんて思わないし、おれの気持ちはきっと一生、翼には理解できないことだ。だけどきっと、それはお互い様、だから。

おれたちに必要なのはお互いをわかり合うことじゃなくて、おれたちが双子で、違う人間であることをわかろうとして、受け入れること。

まだ間に合うだろうか。

おれたちは、まだ、これから仲の良い双子になれるだろうか。

「つっても、話してみないとわかんねーよなあ……」

おれのひとりごとが静寂に落ちた時——玄関のドアが開く音がした。

七．幾許《いくばく》の青にゆだねて（*Side*：仁科翼《にしなつばさ》）

駅のホームに並ぶベンチの横にギターケースを置き、俺は定刻通りやってきた上り列車をぼうっと見つめていた。

生きる、死ぬ、帰る、帰らない、生きる、死ぬ、帰る、帰らない。

それらを頭の中で唱えながら、花弁を一枚一枚抜いていく。ぷちぷちと抜いていくその行為は、快感というよりはただなにも考えずに済むという点でちょうどよかった。

この駅は終点の一つ前。視界の片隅で電車のドアの開閉ボタンを押して乗り込んだのはひとりの老人だった。生まれも育ちもこの街で、週に一回、列車で二駅隣にある図書館を訪れているらしい。それはつい五分前、老人が俺の目の前で落とした古びたパスケースを拾って渡した時に、お礼と共に聞いてもいないのに伝えられた情報だった。

老人が乗り込んで扉が閉められ、列車が動き出した。ガタンゴトンなんてかわいい音じゃない。ゴォー……と鼓膜まで響く耳障りな音は、ノイズキャンセリング機能がついているイヤフォンすらも突き抜けた。

なにを叫んでもかき消される。たとえばその瞬間、誰に向けているかもわからない不満を吐き捨てたって、情けないほどの弱音をこぼしたって、列車が過ぎ去る数秒の騒音が強い味方になってくれる。

もちろん、現実的にそんな野暮なことをしようとは思わないけれど、生きているうちに一度くらいは、抱いた感情を全てを吐き出してみたいという欲があった。

「はー……」

大きなため息が出た。幸せが逃げていくような気がする。

ここは無人駅だ。利用者は当然のように少ない。券売機もなければまともな改札もなく、出入りは自由。祖父から昨日聞いた話だが、三年前、この駅から西に十分ほど歩いたところに大きな駅ができたそうだ。

地下鉄も在来線も通っている駅で、病院やショッピングモールへのアクセスが良くなった。この辺りじゃ革命だなんだと騒がれ、住民はこぞって喜んだという。

利用者の少ないこの駅は、あと数年も経てばなくなってしまうのだろうか。

電車や駅の仕組みに詳しくないのでこの無人駅の未来のことなんてわからないけれど、なくなってから気づく愛しさとかありがたみとかを語っている人を見ると、そんなの都合良すぎだろ、と思ってしまう。

酸素を肺に送り込み、ゆっくり呼吸をする。

生きる死ぬ帰る帰らない、生きる死ぬ帰る帰らない。この花占いが「生きる」、もしくは「帰る」で終わったとして。俺がまたあの街に帰って生きたところで、今までとなにが変わるんだろう。「死ぬ」「帰らない」で終わったとしても同じだと思う。

生活は「慣れ」だ。俺がこのまま帰らなくたって、ぽっくり死んだって、家族も知人もいずれ俺がいなくなった生活に慣れていく。

人間ってちっぽけだな、と花弁をちぎりながら俺は再びため息を吐いた。

遠ざかる列車の音とは反対に、ざっざっとコンクリートを蹴る足音が近づいてきて、俺は顔をあげた。長く細い黒髪が揺れている。あの列車に乗っていたみたいだ。老人が乗り込む様子に気を取られていて、降りてきた人には気づかなかった。

「……久しぶり、仁科くん」

空の青に反射した彼女はやけに繊細で、それからとても綺麗だった。

彼女——庄司絢莉と顔を合わせるのは中学校の卒業式以来、実に三年ぶりのことだった。

見た目や雰囲気に多少の変化はあるものの、記憶にいる彼女と一致する。それが、今の俺にとってはとても温かくやさしいものに感じられたのだった。

無人駅で再会した俺たちは、ひとり分の距離を空けて歩いていた。

目的地はすでに決まっているけれど、それを改まって言葉に起こすのはどこか恥ずかしくて、俺はなにも言わずに駅を出た。彼女も、なにも言わずに俺の横をついてきた。

「元気してた?」

「うーん、それなりに」

「はは。俺もそんな感じ」

中身のない会話だったが、嫌いじゃなかった。庄司さんのほうからなにか問いただしてくるようなことはなく、俺が他愛のない話題を振って、それに彼女が言葉を返す時間が数分続いた。

「庄司さん、本当に来てくれると思わなかった」

「……ラインしてきたの仁科くんじゃん」

「だよね。言われると思った」

我ながら贅沢《ぜいたく》すぎる言葉だ。「絶対会いに来てほしかった」くらい言えたらよかったのに、それはそれで我儘すぎる気もして、正しい言葉は見つかりそうになかった。笑って誤魔化すと、庄司さんが「でも」と開口する。

「私も、仁科くんとまた会うことになるなんて思わなかった」

俺と彼女は、友達でも恋人でもない、ただの中学時代の同級生だ。まともに会話を交わしたのは一回だけで、そのたった一回は、俺の偉そうなお説教だった。

「覚えてるかわかんないけど……私、仁科くんに言われたこと今でも覚えてるよ」

「ああ、うん。ゴミみたいなこと言った記憶ある」

「ゴミって。そこまでは思ってないよ。でも、つまんなそうな顔してるって言われたのは今も引きずってるから」

「庄司さんって意外と執念深いんだ」

「最悪。中学の時から思ってたけど仁科くんって結構性格悪いよね」

「ごめん、自覚ある」

忘れてなどいない。あれは、一種の八つ当たりのようなものだった。

自分と似たような生き方をしている彼女を見て無性にイライラしてしまう、そんな時期だった。

俺たちは決して仲良くなかった。それどころか、嫌われていても忘れられていてもおかしくない過去の記憶があった。それでも彼女は、昨晩俺が突然送ったラインにたった一言「いいよ」と返事をして、俺に会いに来てくれた。

「仁科くん」

「うん」

「海、私たちの街にもあったら良かったのにね」

彼女と海に行きたかった。俺の中で、それが一種の区切りのようなものに思えていた。

「生きてて良かった」

「……ごめん」

べつに最初から死のうと思ってなかった、なんて強がることすらできず、俺はただ、なにに対してかもわからない謝罪を返すのがやっとだった。

自分がニュースになっていることを知ったのは、祖父母の家を訪れた二日後の夜のことだった。

「続いてのニュースです。B市に住む男子高校生、仁科翼くんの行方がわからなくなっていると、翼くんの母親から警察に通報がありました」

映画の地上波放送が終わった後の、次の番組までの繋ぎの時間で流れるニュース。祖父母はすでに眠っていて、居間には俺しかいなかった。

「警察は事件の可能性も視野に入れ、捜査を進めています」

自分の母親と同世代に見える女性アナウンサーが無機質な声で原稿を読み上げている。

リュックとギターケースを背負って家を出て、電車を乗り継ぎ、二時間かけて祖父母の家に来た。

大した理由じゃない。ただちょっと、生きることに疲れてしまったから羽を伸ばしにきただけだ。

スマホの電源を切ったままにしていたので、ネットニュースやSNSは見ていなかった。

バイト先や家族から電話がかかってくることを予想していたので、あらかじめ遮断することにした。祖父母の家にいる間は、現実に引き戻すような出来事にはなるべく触れていたくなかった。

祖母と祖父は、快く俺を受け入れてくれた。

家出紛いのことをしていることも、学校のことも、なにも聞いてこない代わりに、あたたかいご飯と布団を用意してくれた。

母からかかってきたと思われる電話に祖母は「……ええ？　翼が？　こっちには来ていないねえ」と言っていた。俺からなにかを言ったわけじゃない。むしろ、すでに両親に俺がここに来たことを伝えている可能性も考えていて、迎えに来られたらそれはそれだと思っていたのだ。

ありがとうと言うと、みかん食うか？と言われ、笑いながら泣きそうになってしまった。

電話のひとつでも出ておけば、母が警察に届け出ることはなかったのだろうか。友人のひとりにでも一言くらい弱音を吐いておけば、また違っただろうか？

なんて考えたところで、今更ニュースがなかったことになるわけじゃない。

生まれ育った人口二万人の小さな街は、時々呼吸が浅くなる。

おいしい酸素をたくさん吸って、頭をすっきりさせたい。

俺はただ、少し楽になりたかっただけなのだ。

「……ホントに死ねたら楽なのに」

俺はどうすればよかったのか。こんなふうに逃げ出したくなる前に誰かに上手に頼れたら、とか、弱音が吐ける友人がひとりでもいれば違っただろうか、とか。

どうせ、生きている限り楽になれない。

例えば今抱えている悩みや苦痛が解決したって、日々を重ねていくたびに新しい悩みがやってくる。

全部考えるだけで面倒になって、思わず本音がこぼれた。

ホントに死ねたら楽なのに、死ねないから、生きてるだけでただ漠然とつらいのだ。

小学五年生の時、父がギターをくれた。どういう経緯でギターをもらうことになったのかまでは覚えていないが、父が若い頃ギターをやっていたことと、「音楽が持つ力は素晴らしい!」と熱弁したことに感動した、というのはひとつのきっかけだったのではないかと思う。

初めてギターに触れた時、世界が変わったような気がした。譜面の読み方もコードも覚えるのは大変だったけれど、父が隣でやさしく教えてくれて、夢を語ってくれた。

俺にとってその時間がとても大切で、尊いものだったのだ。

けれど、それは一時の娯楽だった。中学生になる時、母は俺に「いつまでも遊んでられないのよ」と言った。母の指す〝遊び〟がなにを指しているのか、言葉にはされなくともすぐにわかった。学生の本業は学業だから、と。そういうことを言いたかったのだと思う。

俺の家は、とても穏やかで平和な家庭だった。母は過保護で心配性なところが難点だったけれど、それも愛ゆえのことだとわかっているつもりだったので、文句を言ったことは一度もなかった。

本当はもっとギターの練習をしたかった。もっといろんな曲を弾けるようになって、いつか自分で作詞作曲を手掛けて、俺の音楽が誰かを救えるくらい大きくなれたら――なんて、そんな夢を抱いても、母の前では言えなかった。

ギターをやめろと直接言われたわけじゃない。否定されたわけでもない。けれど、確かに感じていた。

敢えて言葉にはされない母の願いが垣間見えるたびに、俺はひとつずつ本音を呑み込むようになった。

人の雰囲気や表情、声色で感情を察するようになったのはこの頃からだ。

母に限ったことじゃない。学校でも、誰が誰に好意を寄せているとか、今この先生は機嫌が悪いとか、そういうことがわかるようになった。

頼まれてもいないのに相手の機嫌を取ったり、空気を読んだりするのはとても疲れるけれど、そんな自分にもだんだん慣れて、誰とでも平等に接するのが得意になった。元々、人と話すこと自体嫌いなわけではなかったので苦には思わなかったが、その代わり、自分に対して疑問を抱くようになった。

俺はなんでこんなことしてるんだっけ。

周りの人の機嫌をうかがって、自分を殺して、なんで生きてるんだっけ？

勉強や部活を頑張るのは俺のためじゃなくて母のためなんじゃないか。本当はもっとたくさん良い音楽に触れて、ギターの練習をして、俺が思うかっこいい自分でいたいのに。

実際は、母に否定されるのが怖くて踏み込めないだけだ。

双子の弟――仁科新は、絵がとてもうまかった。部活動には所属せず、学校のテストでは常に赤点を取るようなやつだったけれど、部屋に引きこもって好きなことに熱中する姿はとてもかっこよくて、正直なところ、とても羨ましかった。

母はよく「ちゃんとしなさい」と新のことを怒っていたけれど、母の言う通りにするだけの自分がちゃんとしていることになるのなら、ちゃんとしていない人間のほうが俺にはよっぽどかっこよくて、煌めいて見えた。

けれど、双子なのに、俺と新の間にはどんどん距離ができ、だんだん最低限の会話しか交わさなくなった。嫌われていたのだと思う。いや、思うではなく、確かに俺は新に嫌われていたのだ。

俺も、こんな生き方しかできない自分は嫌いだったから、疑問には思わなかった。

庄司絢莉という人物に興味を持ったのは、自分の生き方につまらなさを感じ始めた頃のことだ。

席替えをして、俺の席から彼女はよく見える位置にいた。永田百々子と木崎祐奈といつも一緒にいて、クラスでも目立つ人物。よく笑うし、それなりに発言もする。けれど、いつもどこか一歩引いているように見えた。自分を殺して周りに合わせることを正解だと思って生きてそうなところが、なんとなく、俺と似ている気がした。

話してみたいと思っていた。けれど話す機会は思いのほかなくて、ようやくちゃんと話したのは中学三年生の夏だった。すでに、席替えをして三か月が経っていた。

休みに入る前に行われた三者面談で、母の前で有名な進学校を勧めてきた担任が俺は嫌いだった。俺の意思も聞かずに進学校に進むことを前提にする母も嫌だった。

勉強は俺のためのものじゃなくて、母を安心させるための材料だと気づいてしまってから、俺はとにかく家に帰りたくなくて、放課後はよく教室で日が暮れるのを待っていた。

三年生の夏となると、県大会に出場する運動部か塾に通う生徒か、なにも気にせず遊ぶ生徒の三択にしぼられるので、ホームルームが終わるとすぐに帰宅する人が多く、十分も経てば教室はあっという間に無人になる。

誰もいなくなった教室で、勉強をするわけでもなく、ただぼーっと窓の外を眺めるのが、俺にとってはひそかな楽しみだった。

三年生の教室は校舎の四階にあり、空が近くてグラウンドもよく見渡せる。ベランダに出て、ランニングする陸上部や下校する生徒たちの姿を眺めていると、ひとり、校舎に向かって歩いてくる生徒を見つけた。庄司さんだった。

木崎とふたりで下校したはずの彼女がひとりで戻ってきた。忘れ物でもしたのだろうか。だとすれば数分後、彼女は教室に戻ってくるだろう。

誰もいない教室で、俺がひとりベランダにいたら不思議に思われるかもしれない。相手が彼女じゃなかったら、忘れ物取りにきた、とでも言えたかもしれないが、庄司さんに「仁科くんなにしてるの？」と聞かれたとしていつものようにあたりさわりなく流せる自信がなかった。いや、違うか。そうしたくなかったんだ、俺は。

一度教室を出て、トイレで彼女が来るのを待った。それから数分して控えめな足音が聞こえ、俺は教室に戻った。

彼女の目を見て話をしてみたい。友達といる時に時折つまらなそうな表情をする理由を暴いてみたい。それで、俺は、安心したかったのだと思う。

それなのに、眩しいほどのオレンジを写真に収めようとする彼女の姿を見た時、やっぱりどこか自分と似ているような気がして、嫌いだと思った。

俺の中学時代なんて、どこをとってもしょうもない。

これと言った思い出はできないまま、母が望んだ高校に進学し、俺は高校生になった。

進学校というだけあって授業やテストはレベルが高かったけれど、頭が良いからといってみんなが真面目でお堅いわけでもなく、それなりに友達もできたし、それなりに学生らしいこともできていた。

テスト期間にみんなで集まって勉強をしたり、休みの日に男女で遊んだり、家から近いファミレスでバイトを始めたり。一応、彼女がいた時期もあった。「翼くんって本当に私のこと好き?」と聞かれ、三秒言葉に詰まった結果、「もういいよ」と言われ二か月足らずで破局してしまったが。

とはいえ全部それなりに、そこそこ充実した日々の中にいた。

それなのに、ふとした瞬間に満足すべきはずの日々に物足りなさを感じるのは、誰かが敷いたレールの上を落ちないように慎重に歩いているだけの自分に気づいているから、なのだと思う。

高校生活が進めば進むほど、その気持ちは強くなった。

成績が良くないと母に幻滅されてしまうかもとか、バイト先は常に人手不足で大変そうだからたくさんシフトを入れておこうとか、そんなのは所詮俺が勝手に思っているだけのことで、実際、仮に母が望む大学に合格したとて自分の将来像は見えないままだろうし、俺がいなくても結局店は回る。

いつだって人の機嫌をうかがって、避けられそうな問題は先回りして回避する。母を心配させないために、面倒でもラインはすぐ返事をするし、成績を落とさないための努力をする。

どこをとっても、俺は変わっていない。

ただ漠然と、死にたいと感じる。なんとなく生きづらいと思う。

この先も俺は、そんなことを思いながら俺のためじゃない人生を生きていくのだろうか。そう思ったらつまらなくて、気持ち悪くて、それからとても怖かった。

高校三年生になると、模試や受験の話題ばかりが飛び交うようになり、受験期特有のぴりついた空気に居心地の悪さを覚え始めていた。

眠りが浅くなり、夢をよく見るようになった。それも過去や理想が交じったものばかりだ。

夢の中の俺は、こぢんまりとしたライブハウスでギターを弾いていたり、新に俺の似顔絵を描いてもらったりしていた。庄司さんと一緒に海辺で弾き語りをしている日もあった。

目が覚めて嫌でも現実に引き戻されるあの感じがとにかく大嫌いで、それがまた俺のストレスを誘うのだった。

変われない自分のまま、時々周りの不幸をこっそり願って、心の中で悪口を言って、だけど現実では機嫌をうかがっていくくらいがちょうどいい。

なんとかバランスを保っていたつもりだった。俺は、俺の生き方に慣れているつもりだった。

けれど所詮、「つもり」は「つもり」に過ぎなかった。

夏休みが明けてすぐ行われた実力テストの返却日。

第一希望にしていた国公立大学の判定はAで、それ以外の大学の判定はS。バイトをしながらも、母をがっかりさせないために勉強も時間をきちんと充てていたので、それなりに成果が出てほっとしていた。A判定ならほぼ安泰。このままいけば、多分、受かる。

「うわ、仁科またAかよ。やば」

「勝手に見んなよ」

一年生の頃から行動をともにしていた友人の堂島《どうじま》に試験結果を覗き見された。近くにいた藤田《ふじた》も便乗して覗き込んでくる。

同じ高校に通っている時点で学力はお互い平均以上はあったはずの堂島と藤田は、入学してからどんどん勉強しなくなっていき、赤点の常習犯だった。

「俺はヨユーでE」と堂島がお茶らけ、「おれもおれも」と藤田が同意する。掛ける言葉の正解が見つからず、いつも通り適当に話を流そうと思っていた俺に、堂島は言った。

「あーあー、お前はいいよなあ。努力しなくてもできるやつでさ」

思わず、「は?」と声がこぼれる。そんな俺に気づかないまま、堂島はさらに言葉を続けた。

「センセーにも気に入られてるし、評定も安泰だろ? バイトもやってその成績とかもう勉強しなくても受かるって。あーまじでいいなー、天才は苦労しなくて」

「いや……そういうんじゃないと思うけど」

「いやいや、ここでの否定は逆に嫌みだから！　なあ藤田？」

「まじそれな？　仁科ってまじ恵まれてるよなー」

言葉が出てこなかった。入学してから築いてきたふたりとの楽しかった思い出とか、青春らしいこととか、途端に全部霞《かす》んでしょうもないものに思えてしまう。

なんでこいつらと仲良くなったんだっけ？

中学時代、全員に平等に接することで特定の存在がいなかったから、高校では関わり方を少し変えてみようと思った。席が近かった。進学校のわりにゆるそうな人たちだったから接しやすかった。深く干渉してこないから楽だった。

ああ、そうか。仲良くなったのなんて、そんな適当な理由だったっけ。

恵まれている。天才は苦労しない。否定は嫌み。

うるせえ、黙れ。そんなこと言われたら、また俺が死にたくなってしまう。

俺の成績が良いのは才能じゃない。母を裏切らないための武器で、この学校でそれなりに過ごすための保険だ。

努力してないわけじゃない。授業も模試もしんどいし、本当はやりたくない。

だけど、敷かれたレールの上を歩くことを選んだのは俺だから。選んだからには、外れるわけにはいかないんだ。

「ハハ、逆にEで焦ってないお前らのほうが天才かもね」

「うわうぜー！」

「冗談」

本心だ。本心だけど、冗談にしないと空気が悪くなる。

こんな時でも、俺は良い顔をしてしまうのかと、そんな自分に吐き気がした。

俺が俺でいる限り、この生きづらさも死にたい気持ちもなくならない。つまらない。俺の人生、このままじゃなにも楽しくない。俺の日々を脅かすもの全部無視して遠くへ行きたい。

俺が俺を捨てることができたら——もっと新しい気持ちで生きていけるだろうか？

その夜のこと。SNSを見ていた時、ふと、俺のタイムラインに綺麗な海の写真が流れてきた。

青が煌めいていて、太陽が眩しくて、とても美しかった。

そういえば、最後に海を見たのはいつだろう。父方の祖父母は、海がよく見える山の上に住んでいて、昔はよく長期休暇になると家族全員で顔を出しに行っていた。けれど、中学生になったあたりからはどうしても部活や塾の関係もあって、祖父母の家にはなかなか顔を出せなくなっていった。

「海いいなー……」

綺麗な海が見たい。美味《おい》しい空気を吸いたい。自然に触れて、俺のことを解放してあげたい。

ふと思い立ったこの気持ちが、今の俺にとっては学校やバイトよりずっとずっと大切なものに思えたのだった。


祖父母の家に行くことにした。電車を乗り継いで一時間半。遠すぎなくて近すぎない、程良い距離の、俺だけのひそかな旅だ。

頭を冷やすにはちょうどいい。一週間ほどスマホの電源を切って、家族にも友人にも内緒で、俺は俺をやめてみよう。

大きな理由もなく死にたいと思う毎日は、思うだけでひとりじゃ実践する勇気もない。

だけど、これからもしかしたらすごく良いことがあるかもしれない。どこか、なにかのタイミングで音楽の道に進めるようになるかもしれない。

俺がこれから大丈夫になる保証なんてどこにもないけれど——先のことなんて、生きてみないとわからない。

例えば今突然死んだって、俺の人生は素晴らしいものだったと思えるような毎日にしたいから。

自分の捜索願いが出ていると知った夜、スマホの電源を入れた。

卒業以来一度も動いていない、中学のグループライン。メンバーの中から、彼女の連絡先を見つけて追加した。このグループは何度も退会しようと思ったけれど、しなくてよかったと心の底から過去の自分に感謝した。

トークルームを開き、震える手で文字を打つ。今更なんだと思われるかもしれないし、忘れられている可能性も捨てきれなかったが、そんなことは今の俺にとっては大した問題ではなかった。これがひとつの区切りのようなものだった。


【海いかない？】


庄司絢莉。

烏滸《おこ》がましいかもしれないけれど、君にだけは、わかってもらいたかった。

海につくまでの間、俺と庄司さんはいろんな話をした。歩くには疲れるような道と時間だったけれど、それがあっという間に感じるほど、俺たちは確かに濃い時間を共有していた。

中学時代のこと。今ある日々のこと。

改まって自分たちの話をするのは恥ずかしくて、けれどとても大切な時間だった。

「でも、仁科くんはやっぱり仁科くんのままだったなって思う」

煌めく海を見つめながら、庄司さんがふと声をこぼす。どういうこと?と視線を移すと、光が差し込む彼女の瞳と目が合った。潮風に黒髪が靡《なび》いている。ふ、と笑われ、心臓が鳴った。

「なんかこう、ちょっと尖《とが》ってるっていうか。仁科くんはやっぱり今もいい人のふりしてるなあって」

「それ、褒めてないよね?」

「わはは、うん。でも、それが仁科くんなんだって知れたからいいの。むしろ今更仁科くんにやさしくされても怖いもん」

あまり変われないまま、俺は十八歳になってしまった。

まだまだ子供なはずなのに、世間じゃもう大人に括られるようになり、クレジットカードも作れるようになった。

大人になっても俺はまだ、自分の行動や言葉にすら責任が持てない。

真面目に生きようと頑張るのは疲れるし、友達や家族にはどこか気を遣うのをやめられない。

毎日悩みは尽きなくて、生きているだけで疲れてしまうような日々を、俺たちは生きている。

「……俺、帰っていいのかな」

こぼれた本音があまりにも情けなくて、自分で言っておいて少し笑えた。

本当は、こんな日々を終わらせて楽になりたかった。

母親の前でいい子のふりをするのも、やりたいことを諦めて敷かれたレールの上を歩くのも、自分より上手に生きている人を羨むのも、全部やめてまっさらな俺になりたかった。

死にたいとか消えたいとか、そんなこと思わないくらいの人生を歩めるような人間でいられたらよかったのに。

「いいんだよ。だってもう過去の仁科くんはいないんだから」

けれど、不安に駆られる俺に、彼女は言う。まっすぐな声だった。

「今までの仁科くんだったら、こんなふうに電車乗り継いで遠くに来ようなんて思わなかっただろうし、海行こうとか、そんな突然私のこと誘ったりしないと思うもん」

「……それはそうかも」

「これは逃げじゃない、仁科くんは戦いに来たんだ。過去の自分を殺すための旅、でしょ？」

俺が抱える悩みも、庄司さんに刺さる棘も、あの子が言わずにいたことも、彼が考えていることも、例えば言葉に起こせたとしても、全てがわかり合えるわけじゃない。

他人にわかってもらおうなんて、ただの我儘で、傲慢だ。

それでもどうしても、大切な人には、わかってもらいたい。

「ね、考えてみてよ。生きて帰ったら警察の事情聴取もあるだろうし、親にも学校にも説明しないといけないし、バイト先に謝ったりもするんでしょ？　死んだほうがマシなのに、仁科くん生きて帰ろうとしてる。ぜったいぜったい、死んだほうがマシなのに」

「庄司さん俺のこと殺そうとしてない？」

「違うよー中学の時言われたこと引きずってるだけだよー」

「あの時はごめんって……」

この海まで背負ってきた俺の青い棘が、彼女の言葉にやさしく溶かされていく。

「どれだけ逃げたって死ぬまで生活って終わんないわけだし。でも本当に死ぬほどの度胸もないし、だったら生きててよかったたって思えること、増やしたほうがいいんだよねえ」

「そうだよなー……」

「なんかさ、勿体ないなって私も思い始めた。私ももっと正直に生きてたい。仁科くんに会って私も前向きになれた気がする」

青が綺麗だった。俺たちが暮らす街にも海があったら、もっとおいしい空気を吸えていたかもと考えて、海があったところで悩みは尽きないし、それはそれで死にたくなりそうな気がしてやめた。

どんな家に生まれても、どんな場所で息をしていても、自分なりに生きるだけだから。

「帰ろう、仁科くん」

こうやって生きてしまうんだ、きっと。

それなりに悩んだり苦しんだりしながら、自分の信じたいものを信じて日々を越える。

死にたくなるような毎日すら、愛しくなってしまうまで。

「仁科くんさ、帰る前に一個お願いがあるんだけど」

「なに？」

「ちょっとだけ仁科くんのギター聴きたい」

「へたくそだよ俺」

「でも、こんなところに背負ってくるくらい大事にしたいことなんでしょ？」

「……わかったよ。笑わないでね」

「私の好きなバンド、これなんだけどさ、知ってる？」

「ああ、うん。俺このバンドいつもコピーしてた」

「……ふうん」

「え、なに？」

「なんでもない。それより早く聴かせてよ、仁科くんのへたくそなギター！」

彼女に聴かせた俺のギターはとんでもなくへたくそだったが、その瞬間、どうしようもなく、生きていて良かったと思った。

八．この日々をぬけ出して

「ちょ、あやちゃん！　ニュース見た⁉」

友人のユウナからその話題が振られたのは、登校してすぐのことだった。

背負っていたリュックを机の上に下ろした状態で、「見たよ」と短く返事をする。彼女の隣で、幼馴染のモモコが「あんた声でかい」と呆れている。

「死んでるとか言われてたけど、生きてんじゃん！ってなった！　あやちゃんに絶対報告しないとって！」

「報告って大げさな」

「大げさじゃないよ！　あやちゃんの大切な人なんでしょ？　生きててよかった本当。あたし全然仁科くんと仲良くなかったのに嬉しくなったもん！」

人口二万の小さな街じゃ、誰がどこの高校に行ったとか、誰が高校を中退してどこで働いているとか、誰と誰が付き合っているとか、そういった情報は全部筒抜けだ。おまけに彼に関するニュースは一度全国に放映されている。だから、ユウナや私にその話が流れてきたことは、べつに不思議なことじゃなかった。

「はあ……自殺と行方不明が同義とか言ってた人の発言とは思えないよねホント」

「ちょっとぉ！　モモちゃんなんで今そんな意地悪なこと言うの!?　あたしが無神経すぎてめっちゃ落ち込んでた時に励ましてくれたくせに！」

「えー、いつの間に？　私その話知らない」

「言ってないからねえ」

けれどそれは、前までの私じゃ気づけなかったことだ。

ユウナが自分の発言を振りかえって反省していたことも、それをモモコが励ましていたことも私は知らなかった。実際のところ、世の中、知らないことのほうが圧倒的に多いような気がする。

「やっぱさあ、噂もニュースも当てになんないんだ。あたしすーぐ耳に入った情報信じちゃうからなー……生きづらい」

ユウナが枝毛をちぎりながら言う。

生きづらい、とか、いつも元気はつらつなユウナでも思うことがあるらしい。きっとモモコにも、言わないだけでそう思う瞬間があるのだろう。私にもあるから、わかる。

「多分、この世に本当だって確信できることなんてないんだよね」

「ねーホント」

「結局、自分が信じたいもの信じるのが一番なんだよ。本当のことなんて本人しかわかんないんだから。ねえ絢莉？」

同意を求められ、私は頷いた。諦めの早いこの性格も、無意識に人の顔色をうかがってしまう癖も、そう簡単には直らないかもしれない。

それでも私なりに、今より少しだけ前向きに生きてみようと思う。

自分の弱いところもダメなところも抱えて受け入れて、もう少しだけ自分のことを好きになりたい。

妥協じゃない。私は今、確かに本音で息をしている。

「私は思ってたよ。――仁科くんは絶対生きてるって」

あとがき

こんにちは、はじめまして、雨です。

このたびは数ある書籍の中から『きみとこの世界をぬけだして』をお手に取っていただき、ありがとうございます。

それぞれ違う悩みや葛藤を抱える高校生たちを書きながら、今はもう名字が思い出せない同級生のことや、家族にも友達にも言えなかった悩みのこと、学校にいた頃は気づけなかった自分のことなど、いろんなことを思い出して懐かしい気持ちになりました。

全部が少しずつうまくいかなかったり、生きているだけで疲れてしまったりするような日々は、時々どうしようもなく手離してしまいたくなります。それでもいつか、この日々を抜け出した時、私は私で生きてて良かった、消えたい夜も泣きたい朝も愛しく思えたらいいなあと、そんなことを考えながら書かせていただきました。

胸に刺さったり、共感してもらえたり、時々ちょっと理解できないこともあったり、それでも誰かにとっては救いになっていたり。このお話を最後まで読んでくださったあなたの思考の一部に溶け込めていたらうれしいです。

本作の制作に関わってくださった関係者の皆様、そしてこの作品に出会ってくださった皆様に、心より感謝申し上げます。本当にありがとうございました。

皆様がどうか、優しい日々の中にいられますように。

二〇二三年五月二十八日　雨

この物語はフィクションです。
実在の人物、団体等とは一切関係がありません。

◉雨先生へのファンレターの宛先
〒104-0031　東京都中央区京橋1-3-1　八重洲口大栄ビル7F
スターツ出版(株)書籍編集部 気付　雨先生

きみとこの世界をぬけだして

2023年5月28日　第1刷発行

著　者　雨　©Ame 2023
発行人　菊地修一
発行所　スターツ出版株式会社
〒104-0031 東京都中央区京橋1-3-1　八重洲口大栄ビル7F
出版マーケティンググループ TEL 03-6202-0386
（ご注文等に関するお問い合わせ）
https://starts-pub.jp/
印刷所　株式会社　光邦
Printed in Japan

DTP　久保田祐子
編　集　齊藤 嵐

※乱丁・落丁などの不良品はお取り替えいたします。上記出版マーケティンググループまでお問い合わせください。
※本書を無断で複写することは、著作権法により禁じられています。
※定価はカバーに記載されています。
ISBN　978-4-8137-9239-0　C0095

きみと真夜中をぬけて
きみの物語が、
誰かを変える。
小説大賞
大賞受賞！
雨《あめ》／著
逃げてもいい。
きみが教えてくれた――
人間関係が上手くいかず不登校になった蘭は、真夜中の公園に行くのが日課だ。そこで、蘭は同い年の綺に突然声を掛けられる。「話をしに来たんだ。とりあえず、俺と友達になる？」始めは鬱陶しく思っていた蘭だけど、日を重ねるにつれて2人は仲を深めていき――。勇気が貰える青春小説。
定価：1485円（本体1350円＋税10％）
ISBN：978-4-8137-9197-3

スターツ出版人気の単行本！

『すべての恋が終わるとしても　140字のさよならの話』

冬野《ふゆの》夜空《よぞら》・著

さよなら。でも、この人を好きになってよかった。――140字で綴られる、出会いと別れ、そして再会の物語。共感＆感動の声、続々!!　『サクサク読めるので、読書が苦手な人にもオススメ』(みけにゃ子さん)『涙腺に刺激強め。切なさに共感しまくりでした』(エゴイスさん)

ISBN978-4-8137-9230-7　定価：1485円（本体1350円＋税10％）

『それでもあの日、ふたりの恋は永遠だと思ってた』

スターツ出版・編

――好きなひとに愛されるなんて、奇跡だ。5分で共感＆涙！男女二視点で描く、切ない恋の結末。楽曲コラボコンテスト発の超短編集。【全12作品著者】櫻いいよ／小桜菜々／永良サチ／雨／Sytry／紀本 明／冨山亜里紗／橘 七都／金犀／月ヶ瀬 杏／蜃気羊／梶ゆいな

ISBN978-4-8137-9222-2　定価：1485円（本体1350円＋税10％）

『君が、この優しい夢から覚めても』

夜野《よるの》せせり・著

高1の美波はある時から、突然眠りに落ちる“発作”が起きるようになる。しかも夢の中に、一匹狼の同級生・葉月くんが現れるように。彼の隣で過ごすなかで、美波は現実での息苦しさから解放され、ありのままの自分で友達と向き合おうと決めて…。一歩踏み出す勇気をもらえる、共感と感動の物語。

ISBN978-4-8137-9218-5　定価：1485円（本体1350円＋税10％）

『誰かのための物語』

涼《すず》木《き》玄《げん》樹《き》・著

「私の絵本に、絵を描いてくれない？」立樹のパッとしない日々は、転校生・華乃からの提案で一変する。華乃が文章を書いて、立樹が絵を描く。そして驚くことに、華乃が紡ぐ物語の冴えない主人公はまるで自分のようだった。しかし、物語の中で成長していく主人公を見て、立樹もまた変わっていく――。

ISBN978-4-8137-9212-3　定価：1430円（本体1300円＋税10％）

書店店頭にご希望の本がない場合は、書店にてご注文いただけます。

スターツ出版人気の単行本！

『大嫌いな世界にさよならを』

音《おと》はつき・著

高校生の紘は、数年前から突然、他人の頭上のマークから「消えたい」という願いがわかるようになる。マークのせいで人との関わりに消極的な紘だったけれど、マークが全く見えない佳乃に出会い彼女と過ごすうち、紘の気持ちも変化していって…。生きることにまっすぐなふたりが紡ぐ、感動の物語。

ISBN978-4-8137-9211-6　定価：1430円（本体1300円＋税10％）

『星空は100年後』

櫻《さくら》いいよ・著

美輝の父親が突然亡くなり、寄り添ってくれた幼馴染の雅人と賢。高１になり雅人に“町田さん”という彼女ができ、三人の関係が変化する。そんなとき、町田さんが突然昏睡状態に。何もできずに苦しむ美輝に「泣いとけ」と賢が寄り添ってくれて…。美輝は笑って泣ける場所を見つけ、一歩踏み出す──。

ISBN978-4-8137-9203-1　定価：1485円（本体1350円＋税10％）

『きみと真夜中をぬけて』

雨《あめ》・著

人間関係が上手くいかず不登校になった蘭は、真夜中の公園に行くのが日課だ。そこで、蘭は同い年の綺に突然声を掛けられる。「話をしに来たんだ。とりあえず、俺と友達になる？」始めは鬱陶しく思っていた蘭だけど、日を重ねるにつれて２人は仲を深めていき──。勇気が貰える青春小説。

ISBN978-4-8137-9197-3　定価：1485円（本体1350円＋税10％）

『降りやまない雪は、君の心に似ている。』

永良《ながら》サチ・著

高校の冬休み、小枝はクールな雰囲気の俚斗と出会う。彼は氷霰症候群という珍しい病を患い、深い孤独を抱えていた。彼と過ごすうちに、小枝はわだかまりのあった家族と向き合う勇気をもらう。けれど、彼の命の期限が迫っていることを知って──。雪のように儚く美しい、奇跡のような恋物語。

ISBN978-4-8137-9189-8　定価：1430円（本体1300円＋税10％）

書店店頭にご希望の本がない場合は、書店にてご注文いただけます。

スターツ出版人気の単行本！

『満月の夜に君を見つける』

冬野夜空《ふゆのよぞら》・著

家族を失い、人と関わらず生きる僕はモノクロの絵ばかりを描く日々。そこへ儚げな雰囲気を纏った少女・月が現れる。次第に惹かれていくが、彼女は“幸せになればなるほど死に近づく”という運命を背負っていた。「君を失いたくない――」満月の夜の切なすぎるラストに、心打たれる感動作！

ISBN978-4-8137-9190-4　定価：1540円（本体1400円＋税10％）

『アオハルリセット』

丸井《まるい》とまと・著

人に嫌われることが怖い菜奈。高校生になって、他人の“嘘”や“怒り”が見える「光感覚症」になってしまう。まわりが嘘ばかりだと苦しむ菜奈だけど、“嘘”が見えない伊原くんの存在に救われる。でも彼と親しくなるにつれ、女友達との関係も悪化して…。十代の悩みに共感！　感動の恋愛小説。

ISBN978-4-8137-9180-5　定価：1430円（本体1300円＋税10％）

『僕は何度でも、きみに初めての恋をする。』

沖田円《おきたえん》・著

両親の不仲に悩む高1女子のセイは、公園でカメラを構えた少年ハナに写真を撮られる。優しく不思議な雰囲気のハナに惹かれ、セイは毎日のように会いに行くが、実は彼の記憶が一日しかもたないことを知る――。“今”をめいいっぱい生きるハナと関わるうちに、セイの世界は変わっていく。

ISBN978-4-8137-9181-2　定価：1430円（本体1300円＋税10％）

『生まれ変わっても、君でいて。』

春田《はるた》モカ・著

余命1年を宣告された、高校生の粋。ひょんなことから、大人びた雰囲気の同級生・八雲に、余命1年だと話してしまう。すると彼は「前世の記憶が全部残っている」と言いだした。不思議に思いながらも、粋は彼にある頼みごとをする。やがてふたりは惹かれあうけれど、命の期限はせまっていて…。

ISBN978-4-8137-9166-9　定価：1430円（本体1300円＋税10％）

書店店頭にご希望の本がない場合は、書店にてご注文いただけます。

スターツ出版人気の単行本！

『さよならレター　余命365日の君へ』

皐月《さつき》コハル・著

ある日、高２のソウのゲタ箱に一通の手紙が入っていた。差出人は学校イチ可愛い同級生のルウコ。それからふたりの秘密の文通が始まるが、実は彼女が難病で余命わずかだと知ってしまう。「もしも私が死んだら、ある約束を果たして欲しい」――その約束には彼女が手紙を書いた本当の意味が隠されていた。

ISBN978-4-8137-9173-7　定価：1430円（本体1300円+税10％）

『きみは溶けて、ここにいて』

灯《ともり》えま・著

友達のいない文子はある日、クラスの人気者の森田君から「もうひとりの俺と、仲良くなってほしいんだ」と言われる。とまどいながらも、森田君の中にいる“はる”と文通をすることに。優しくてもろい“はる”に惹かれていく文子だけれど、もうすぐ彼が消えてしまうと知って…。奇跡の結末に感動！

ISBN978-4-8137-9157-7　定価：1430円（本体1300円+税10％）

『70年分の夏を君に捧ぐ』

櫻井《さくらい》千姫《ちひめ》・著

2015年、夏。東京に住む高２の百合香は、不思議な体験をする。ある日、目覚めるとそこは1945年。百合香は、なぜか終戦直前の広島に住む少女・千寿の身体と入れ替わってしまい…。一方、千寿も70年後の現代日本に戸惑うばかり。以来毎晩入れ替わるふたりに、やがて、運命の「あの日」が訪れる――。

ISBN978-4-8137-9160-7　定価：1430円（本体1300円+税10％）

『青の先で、きみを待つ。』

永良《ながら》サチ・著

順調な高校生活を送るあかりはある日、同級生・翔也から「俺たち、死んだんだよ」と告げられる。徐々にあかりは、今いるのが“自分にとっての理想の世界”で、現実では自分が孤立していたことを思い出す。翔也に背中を押され、現実世界に戻ることを選んだあかりは…？　悩んでもがいた先にみえる光に圧倒的感動！

ISBN978-4-8137-9152-2　定価：1430円（本体1300円+税10％）

書店店頭にご希望の本がない場合は、書店にてご注文いただけます。

スターツ出版人気の単行本！

『それから、君にサヨナラを告げるだろう』

春《はる》田《た》モカ・著

クラスで浮いている冬香にとって、ハルは大切な幼なじみ。ある日「俺、冬香の心が読めるんだ」と告げられる。怖くなった冬香はハルの手を振り払い――ハルは姿を消してしまう。数年後、再会した彼は昔とかわらず優しいままで…けれど次々と明かされていく、切ない過去。運命を乗り越える二人の絆に感動の物語。

ISBN978-4-8137-9145-4　定価：1430円（本体1300円＋税10％）

『この恋が運命じゃなくても、きみじゃなきゃダメだった。』

小《こ》桜《ざくら》菜《な》々《な》・著

人見知りな普通の女の子・チナは、ひとつ年上の彼氏・悠聖と幸せな高校生活を送っていた。ある日、悠聖から突然別れを告げられてしまう。「好きなのに、どうして別れなきゃいけないの？」たくさん笑って、泣いて…そして見つけた答えとは？　恋する人すべてが共感する、10年間の恋の物語。

ISBN978-4-8137-9140-9　定価：1430円（本体1300円＋税10％）

『夜を裂いて、ひとりぼっちの君を見つける。』

ユニモン・著

引きこもりの兄と、過度な期待を押しつけてくる親を持つ高1の雨月。ある夜、陸橋から落下しそうになり、男子高生・冬夜に助けられる。その日を境に、ふたりは会うように。友情でもなく恋でもない関係のはずだった。だけど運命が大きく動き――死にたがりのふたりの、淡く切ない恋物語。

ISBN978-4-8137-9131-7　定価：1430円（本体1300円＋税10％）

『すべての恋が終わるとしても　140字の恋の話』

冬《ふゆ》野《の》夜《よ》空《ぞら》・著

すべての恋が終わるとしても、幸せだったあの瞬間だけは、きっと永遠だ――。恋の始まりと終わりを140字で描く、切ない恋愛超短編。共感&感動の声、続々！『過去の恋を思い出して泣いてしまった。（かまぼこさん）』『切なくて、眩しくて、また恋がしたくなる。（すなぎもさん）』TikTokクリエイターけんご小説紹介との特別対談収録！

ISBN978-4-8137-9135-5　定価：1375円（本体1250円＋税10％）

書店店頭にご希望の本がない場合は、書店にてご注文いただけます。

スターツ出版人気の単行本！

『世界が私を消していく』

丸井《まるい》とまと・著

身に覚えのない“裏アカウント”が流出し、追い詰められていく高1の紗弥。偶然手にした不思議なレインドームに“みんなが自分を忘れるように”と願うと、世界は一変。学校中から忘れ去られた存在となってしまう。唯一、救いの手を差し伸べてくれたのは、密かに思いを寄せていた時枝だった。

ISBN978-4-8137-9126-3　定価：1430円（本体1300円+税10%）

『365日間、あふれるほどの「好き」を教えてくれたのはきみだった』

永良《ながら》サチ・著

優等生の美波はある日、優しくできずにいた義姉・海月を亡くしてしまう。自分に失望し、高校最後の1年間、すべてに対し無気力になった美波。そんな彼女を救ってくれたのは、ひときわ目立つ後輩・三鶴だった。彼の隣ですごす時間に美波の心は少しずつとかされていき…。感動の青春恋愛小説。

ISBN978-4-8137-9118-8　定価：1320円（本体1200円+税10%）

『いつか、きみの涙は光となる』

春田《はるた》モカ・著

高校生の詩春には、人が泣いた回数がわかるという不思議な力がある。悲しい出来事をきっかけに得た能力の代わりに、涙を流せなくなっていた。辛い過去を振り切るため、「優しい子」でいようとするが、不愛想な同級生・吉木だけが、厳しい言葉をぶつけてきて…。切ない運命に、涙が止まらない！

ISBN978-4-8137-9112-6　価格：1430円（本体1300円+税10%）

『季節を何周も巡ると思っていた。』

小桜菜々《こざくらなな》・著

授業はリモートでバイトも減り、思うように人と会えない日々を送る大学生の乃々華は、マッチングアプリで年上で社会人の拓海と出会う。メッセージをやり取りするうちに、会ってみたいと思うように。恋の経験がなかった乃々華だけど、小説や映画の趣味も同じで優しい拓海にしだいに惹かれはじめ…。

ISBN978-4-8137-9106-5　定価：1540円（本体1400円+税10%）

書店店頭にご希望の本がない場合は、書店にてご注文いただけます。